비숍기의 전문가들

김한민

1979년 서울 출생. 『혜성을 닮은 방』, 『카페 림보』, 『책섬』,
『비수기의 전문가들』, 『착한 척은 지겨워』 등의 책을 쓰고
그렸다. 『페소아와 페소아들』, 『시는 내가 홀로 있는 방식』
등 포르투갈 시인 페르난두 페소아의 작품을 번역했고,
현재는 창작 집단 이동시의 일원으로 활동하고 있다.

비수기의 전문가들
김한민 지음

초판 1쇄 발행. 2016년 11월 25일
5쇄 발행. 2024년 2월 1일

발행. 워크룸 프레스
편집. 박활성
인쇄 및 제책. 세걸음

ISBN 978-89-94207-73-5 07810
값 20,000원

워크룸 프레스
03035 서울시 종로구 자하문로19길 25, 3층
전화. 02-6013-3246
팩스. 02-725-3248
이메일. wpress@wkrm.kr
www.workroompress.kr

비슈키의 전문가들 김한민

workroom

여러분 안녕하세요?

빈자리가 많긴 하지만 시간이 지체됐으니 시작을 해보겠습니다. 저는 문학을 연구하는 김 아무개라고 합니다. 신화에 나오는 캐릭터 유형들에 관심이 많습니다. 모든 나라들처럼, 이 나라에도 건국신화라는 게 있죠. 요약하자면 대략 이렇습니다: 옛날에 사람이 되고 싶어 한 곰과 호랑이가 있었다. 둘이서 하늘에 소원을 빌었더니 환웅이라는 신이 나타나 쑥과 마늘만 먹고 동굴 속에서 살면서 100일간 햇빛을 안 보면 사람이 될 거라고 말했다. 호랑이는 조금 해보다가 못 참고 뛰쳐나가 버리지만, 곰은 꾹 참고 마늘을 까먹다가 웅녀라는 여자로 변한다. 나중에 환웅이 웅녀와 결혼을 '해줘서' 단군왕검이 탄생하고, 우리는 그 자손들이다….

신화가 가치관을 반영한다고 전제한다면, 우리 민족은 대대로 곰이 대변하는 인간형을 추구해 온 셈입니다. 주어진 조건, 즉 우월한 존재의 제안을 현실로 받아들이고, 자기 자리에서 묵묵히 인내하여 끝내 목표하는 바를 이루는 사람… 실제로 이런 유형을 긍정하는 경향은 지금도 엄연히 존재하죠.

여기서 질문을 하나 던져보겠습니다. 못 참고 뛰쳐나간 '호랑이 유형'은 어떻게 됐을까요? 산속을 돌아다니다가 죽었을까요? 신화 전문가들의 의견에 따르면, 간신히 대만 이어오다가 근대로 들어오면서 사라지다시피 했습니다. 멸종한 실제 호랑이처럼요. 그도 그럴 것이, 이 호랑이라는 놈은 좋게 봐주려야 봐주기 힘들거든요. 인내심 부족으로 아무것도 이루지 못하는 성급하고 무책임한 유형을 상징하죠. 자기가 처음에 뭘 원했는지 그 초심조차 깡그리 잊어버리는 인간, 주어진 조건을 처음부터 부정한 것도 아니고 무턱대고 응했다가 생각해 볼수록 못마땅하니까 괜히 부정적 해석이나 가하고, 결국 생산적인 돌파구를 찾기보다는 견디기 힘든 현재를 벗어나는 데 급급한 인간. 그보다 최악은 신과의 약속은 물론 자신과의 약속조차 지키지 못하는, 그래서 애초에 '인간이 되고 싶다'는 소망도, 진정한 소망이 아니라 그저 곰의 소망을 흉내 낸 게 아닌가 심히 의심스러운 인간…. 신화 속 호랑이는 주인공인 곰의 가치를 빛내주는 보조 장치로서의 기능 말고는 사실상 존재 의의가 없습니다. 한마디로 들러리인 셈입니다. 반 장난삼아, 한동안 유행하던 철학 용어를 패러디해 '호모 티게르'라고 명명해 보겠습니다.

네? 이런 연구를 왜 하냐고요? 음… 사실 요즘엔 저보다 더 이상한 연구를 하는 사람도 많습니다만, 암튼 단순하게 설명하자면 이렇습니다: 이런 호랑이 유형의 인간이 아직도 존재하는지, 존재한다면 어떤 조건 속에서 살아가고 성격은 어떻게 형성되는지, 한마디로 '왜 사는지', 아니 무엇이 이런 인간을 살게 만드는지… 이런 의문들을 문학사적으로 밝혀보고 싶습니다. 대답이 됐나요?

그런데 말입니다, 어딘가로 뛰쳐나갔다고 무조건 호랑이 유형에 해당되지는 않습니다. 예를 들어, 보다 나은 미래를 설계하려고, 또는 금의환향을 꿈꾸며 나갔다 돌아오는 경우는, 사실상 장소만 바깥이지 똑같이 굴을 파고, 똑같이 마을을 까먹다 오는 것이니 호랑이로 분류하긴 힘들겠죠. 진짜 호랑이는 대책 없이 나갑니다. 나가는 것이 대책인 셈입니다. 그러니 싹이 말라버린 것도 놀라울 게 없죠. 잠깐, 여기서 제 자랑 하나만 합시다. 제가, 무려 20년의 추적 끝에 마침내 '호모 티게르'라고 규정할 만한 인간을 한 명 발견하는 데 성공했습니다!

그러나 감격도 잠시… 접촉을 하던 와중에 어느 날 갑자기 그만 종적을 감춰버리고 말았습니다. 그나마 다행인 건, 연락 두절이 되기 전에 상당한 양의 자료를 확보해 놨다는 겁니다. 저는 원래 구술 채록이나 인터뷰 쪽을 전공했는데, 이 인간은 알아서 기록을 남기는 사람이었습니다. 자기의 운명을 예감해서였을까요? 아무튼 희한한 글 모음입니다. 장르도 불분명하고, 글들이 워낙 뒤죽박죽이라 취합하고 정리하는 데 애를 먹었습니다. 제 능력 한에서 최대한 정리를 해봤습니다만, 편집자의 지나친 개입은 피했습니다. 가령, 굳이 해설은 넣지 않았습니다. 본인의 목소리를 가능한 한 있는 그대로 들려주는 게 맞다고 생각했거든요.

자, 그럼 본격적으로 한번 들어보실까요? 일종의 낭독회가 되겠군요. 혹시라도 하다가 목이 아프면 여러분의 참여를 좀 부탁드리겠습니다. 어차피 한 분밖에 안 계시지만… 참 안타까운 일입니다, 인문학의 위기가 실감 나네요.

첫 번째 슬라이드 보시겠습니다.

Experts of the Low Season

도망자

The Fugitive

쇠창살에 기대어 생각한다.
드디어 탈출인가
널 여기 놔두고, 나 혼자서?

너는 나에게 반응한다.
종도 다르고, 출신도 다르지만
너는 나의 심각함에 반응한다.

넌 날 알아보는구나. 그게 느껴진다.
넌 내가 싫지 않구나. 그걸 알 수 있다.
네가 그리울 거다.
하지만 소식은 전하지 못할 거다.
그래도 떠나야 한다.

사람들은 너를 장애 콘도르라고 부른다.
풀려난다 해도 제대로 날기나 할까?
페루까지는 고사하고, 인천까지는 갈까?
널 과소평가하는 게 아니다.
내가 어찌! 나도 심각한 장애를 겪고 있는데…

온갖 방면에 장애가 있었음에도
난 그것들에 관대했다.
난 오히려 내 장애를 장점으로 간주하곤 했다.
부적응일 뿐, 시대와 공간을 잘못 타고난
것뿐,
그 자체로는 문제가 없다고.

                                      나도 너처럼 예민했고, 등이 굽었고,
                                      주의 깊게 응시했다.
                                      그래서 어느 날 자유란 게 뭔지 알아버렸고
                                      그날로 갇힌 신세가 돼버렸다.
                                      너도 그래서 갇힌 거지?
                                      세상은 그것도 모자라
                                      널 또 한 번 격리시켰구나.
                                              독감 따위!
                                      난 괜찮다. 죽는 게 무섭지 않다
                                      남들이 나 때문에 죽어도 미안하지 않다
                                      모든 접촉은 전염을 수반하는 법,
                                      서슴없이 만지고
                                      보란 듯이 호흡하리
                                      그리고 씻지 않으리.
                                      우리가 만든 병인데 우리가 앓아야지
                                      사실 우린 좀 죽어야 해
                                      이미 수가 너무 많아.

2013년 겨울
서울

지난 십 년간 내게 무슨 일이 일어난 것일까.

컴퓨터가
외부 조작이나 명령 없이
자신의 운영체제를 스스로 제거하면
이런 기분이 들까?
(당연히, 컴퓨터도 기분이 있다)

언제인지 왜인지,
기억도 안 나지만
나는 나를 포맷했다
아주 오래 걸리는 포맷을.

새로운 체제를 깔지도 않고
보안 프로그램도 없이
네트워크에 접속했다.

세상이 달리 보였다.
그 전까지의 삶은
가사 모르고 듣던 노래
재료 모르고 먹던 음식
모르면서 알아들은 척한 외국어.

이제는 모든 게 낯설다.
거의 모든 말들이 앞뒤가 안 맞게 들린다.
거의 모든 방향이 잘못되어 보인다.
거의 모두가 제정신이 아닌 듯하다.

기억을 점검했다.
폴더와 파일들은 예전 그대로였으나
각각의 느낌이 변해 있었다
같은 내용, 그러나
다른 감각

감각을 점검했다.
멀쩡히 피가 나온다.
그렇다면 회로 문제?
즐겨찾기는 그대로였지만
과연, 링크들이 망가져 있었다.

갈수록 버벅댔다, 아주 단순한 실행에도
운영체제가 없으니 당연한 일.
삼십 일짜리 트라이얼도 시도해 봤으나
깔리지도 않았고
생각의 시장에 나가봐야 살 게 없었다.
비쌀수록 불량률이 높아서야!
손수 프로그래밍하는 수밖에.
C부터 새로 익혀서 한 코드 한 코드…

이것이 지난 십 년간 있었던 일이다.

가내수공업 프로그램이 매끄러울 리 없다.
아슬아슬하게 연명하듯 버텼으나
외부 공격엔 여전히 취약했다.
품는 생각마다 남들 심기를 건드렸고
내뱉는 말마다 사람들을 자극했다.
공격이 아니었는데 공격으로 받아들여졌다.
사사건건 부딪히고 이유 없이 다운되었다.
더 이상 외부와의 접촉은 위험했다.
피로가 누적되고 있었다.

연결을 차단하고 칩거에 들어갔다.
회로와 언어를 끊임없이 점검하며
프로토타입을 실험했다.

한번은 인적 드문 동굴까지 찾아온
보따리 행상이 있었다.
내 발명품들을 보더니 피식 웃었다.
　　"시 쓰고 앉았네."
흥정 끝에 그 표현을 사들였다.
그렇게 시를 만지기 시작했다
　　싸고,
　　짧아서.

이것이 지난 오 년간 있었던 일이다.

어리둥절한 적은 없다
변화가 한 번에 일어난 게 아니기에.
오히려 답답할 정도로 느렸다.
자고 일어날 때마다 하나씩
부품이 교체되어 있었다.
밤에도 일하는 내가 따로 있었다.
스물세 시간쯤 각성 상태,
항상 추운 방,
주린 배, 마른 손,
아주 가끔만 찾아오는 잠,
가장 가벼운 동전도 요긴한 형편,
모든 게 각성에 도움이 되었다.

문제는 삶이었다.
내가 내 삶에 도움이 안 되고 있었다.
이 점을 간과할 수 없었다.
더 이상.

그런데 말이지
...
뭐 하나만 물어보자
넌 알아?
어떻게 살아야 하는지?

사는 거,
그거 어떻게 하는 거야?
　　어디서
　　　뭘 하며
　　　　누구와
어떻게 사는 거야?
넌 알겠어? 난 모르겠는데
아, 넌 모든 항목에 답을 구했구나!
정답은 아니라도 당장의 해답은.

난 모두 빈칸인데 어쩌지?
게다가 **왜**는 묻지도 않았는데!
아주 기본적인 것도 모르겠고
점점 더 모르겠다.
모르겠다는 점 외에는
자신 있게 말할 수 있는 게 없다 아니
자신 없어도 되는지조차 자신 없다.
단순히 자신 없는 게 아니다.
복잡하게 자신이 없다.
총체적으로 의심스럽다.
모든 것, 정말로 모든 것이.

　　삶,
　　　그거 살아야 하는 거 맞아?
너는 그렇다 치고, 나는?
살 자격이 있나?
살 가치는? 의미는?
내겐 죽음의 공포가
삶을 받아들이게 할 만큼 크진 않은데?

모든 게 철저히 낯선 가운데
가장 낯선 것은 타인의 확신.
그들의 동작, 말, 눈빛
찍고, 올리고, 나누고, 챙기는
나, 나, 우리, 우리…
접속해 보라,
누구나 모든 사안에 의견이 있고,
느낌이 있고, 찬반이 있다.
그게 일말의 의미라도 있다는 듯
저 무시무시한 전제들, 재치들, 정의감!
자신 없어 하는 제스처조차
자신 있게 공개한다.

　　보라,
누구나 한 가지는 능숙하다.
운전 하나는 거침없고
실패자라면서 잘도 들이켜고
축구에 관한 한 할 말이 넘친다.
가장 같잖은 건달도 패거리는 있다.
가장 하찮은 뜨내기도 담배 친구는 있고,
잠시 수다를 떨 전화 상대는 있다.
넘치는 어울림들 속에 일말의 익숙함
무심코 하는 행동 속에 숙달된 동작
내가 본 모든 여자들은
머리 묶는 동작만큼은
단 한 명의 예외도 없이 민첩하고 단호했다.

익숙해지는 게 삶이고
익숙해지는 게 인간인데
도무지 그게 안 되는 나는…

…근데 왜 아무렇지도 않지?
소외감, 외로움, 위화감
부품들은 멀쩡한데 작동을 안 하네.
이것들이 돌아가며 겁을 줘야
혼자 쓸쓸히 안 죽으려고 최소한의
노후 대책이라도 세울 텐데.

여긴 어디지?
동굴인가?
더 이상 아니다.
동굴 밖인가?
아직은 아니다.

그즈음,
내 머리의 검색창에 하나의 문장을
반복해 입력하고 있음을 깨달았다.

다시 시작하고 싶다.⏎

매일같이, 아침 점심 저녁으로.
똑같은 내용을.

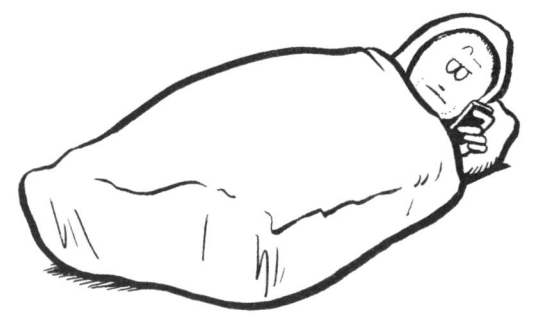

to Me:

from Me :

to Me:

from Me:

그런데 뭘 다시 시작해?
무슨 다시? 무슨 시작?
　　재기?
그런 건 아니었다. 차라리
아무도 날 모르는 데로 떠나
이름을 바꾸고 소일을 하다가
조용히 생을 마감하는 것에 가까웠다.
그렇게 안 하는 사람 모두가 이상할 만큼
반드시 그렇게 해야 할 것 같았다.

곧이어
다른 검색어들도 속속 입력되었다.
　　싼 표 ⏎
　　반년 버틸 돈 ⏎
　　최소한 쓰고 최대한 멀리 ⏎
　　최대한 오래 버틸 곳 ⏎

이 모든 목록들을 실행에 옮겼다.
그리고 전화기를 없앴다.

이것이 지난 일 년간 내가 한 일이다.

워낙 가진 게 없어 가는 길은 홀가분했다.
그런데 곧바로 찜찜해졌다.
혹시 잊은 게 있나 싶어 적어봤다.

가족, 애인, 자식, 부모, 집, 친구, 재산,
인간관계, 사랑, 우정, 신뢰, 직업, 경력,
전문성, 이름, 재주, 작품, 물건…
하찮은 적립금이나 쿠폰 하나,
정말 아무것도 없었다
있다 해도 인지가 안 되고
이만큼 짜내도 안 나오면 없는 거나 마찬…
아,
있구나.
…
개가 한 마리 있다.

동굴 들어올 때 맡기고 온 개.
몇몇 기억들이 떠올랐다.
한 존재가 성장하는 과정을 지켜보고
기억한다는 건 치명적이구나.
모락모락 감정이 피어나려는 순간,
또다시 그 현상이 일어났다.
감정 작동 대신
되려 화가 치밀었다.

저것의 정체는 무엇인가?
풀어줘도 도망갈 줄 모르는 저 생물…
누가 개를 개로 만들었는가?
철저히 의존적인 괴물로!
우리,
자식을 기생충으로 키우는 못난 부모?
저것은 상품인가 생명인가?
누구의 것인가?
나의 개인가?
'나의' 개라는 말…
인간은 왜 이런 몹쓸 짓을 저지르나.

개라는 것.
더 이상 견딜 수 없었다.
이러다간 안 되겠다
개 때문에 못 가면
내심 죽길 기다리게 될 거야.
넌 그럴 수 있는 사람이야.

맡긴 사람과 연락을 끊고
내빼기로 결심한다.

젠장,
생각해 보니 또 있다.
새도 한 마리 있다.
새는 어쩌나?
내가 아니면 누가 방문하지?
주기적으로, 그 먼 동물원까지.
    접자.
어차피 갇혀 있는 터
해줄 수 있는 것도 없다.
내빼자, 이것도.
그나마 다행이지
거북이 한 마리라도 더 있었으면
주저앉아 버렸을 거다.

The Beginner

있을까?
이 비행기 안에,
나와 같은 목적을 가진 사람이?
없을 거다.
적어도 나만큼 목적이 **불분명한** 사람은.

입국 카드에는 일단 '여행 목적: 관광'이라고 쓴다.

별도로, 가짜 카드를 하나 만들어
진짜 목적을 적어두기로 한다.
초심이 가물가물해질 때를 대비해.

입국 심사관 귀하,

실은 작은 문제가 있습니다
'파라고르디우스 바리우스'가 머리에 들어갔습죠
못 들어보셨죠?
기생충계에선 제법 알려졌죠
저 같은 벌레를 주로 노리죠
먹이인 척 가장하고
손쉽게 잡아먹히죠
한번 위(胃)에 진입하면
재빨리 머리로 올라가죠
뇌를 장악한 후
숙주를 조종해서
잎사귀 꼭대기로 가게 만든 다음
새의 눈에 잘 띄도록
괴상한 춤을 추게 하죠
새에게 먹히도록
새 몸속에 들어가도록…

당신 앞에 선 사람이
다름 아닌 숙주랍니다
그래서 아무것도 모릅니다
정체요?
의도요?
목적지요?
다 애한테 물어보십시오
그리고 알게 되시면
(바쁘신 줄은 알지만)
저한테도 좀 알려주서요
어느 새에게 잡아먹힐지
언제쯤 이 모든 게 끝날지…

여기까지 쓰는데
뒷사람이 펜을 빌려달란다.

그러곤 돌려주지 않는다. 온 신경이 펜에 집중되고 덕분에 아무것도 할 수가 없다.
그자는 옆 사람에게 펜을 빌려준다. 내 허락 없이.
이 글은 다른 펜으로 쓰는 중이다. 원래 이 내용은 이 색깔로 쓰이면 안 된다.
시작부터 꼬였다. 초심을 기록하려 펜을 들었으나 펜을 뺏겼다.
고로 돌아갈 초심도 사라졌다.

제법 살았는데도 삶에 익숙해지지 않는 건 왜일까?
끝없는 객관화 때문이다.
주관화가 안 된다.
내 몸과 내 언어가 어색하다.
잠자는 자세, 걸을 때 팔의 움직임,
매일 달라지는 양다리의 길이,
의식적인 노력을 요하는 호흡, 거슬리는 심장 박동,
외국어 같은 모국어, 이해할 수 없는 관용구…
사람들은 이쯤에서 피곤해한다.
바로 그 피로가 내게 절실히 필요하다.

낯섦에 익숙해지면서
그나마 유일하게 능숙한 행동 하나로
모든 게 수렴되고 있었다.
  도망
꿈에서도 연습하는 그 동작.

원정을 나서는 사람의 자화상.
닮았는지는 모르겠으나
감옥의 문을 제 손으로 열고
들어가 잠그는 자의 얼굴은 보인다.

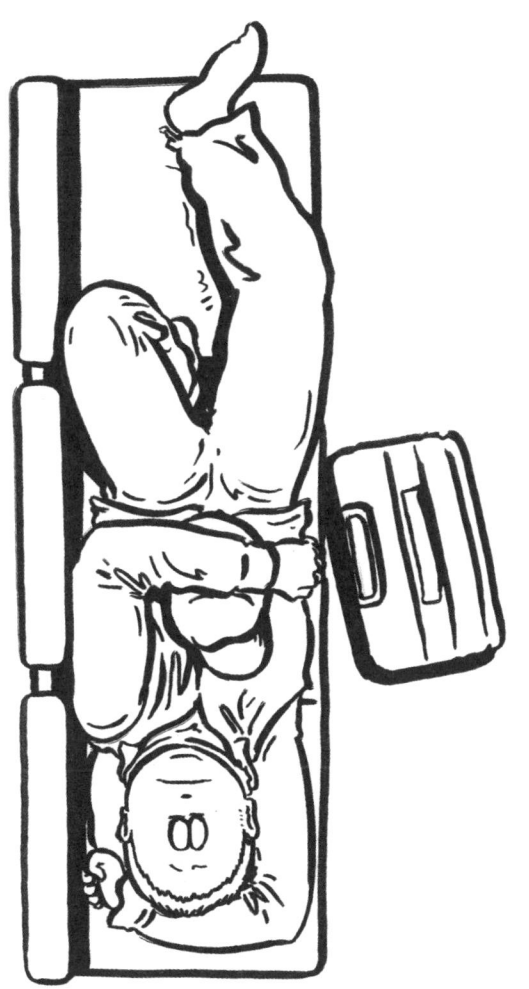

비행기를 기다리는 동안
면세점을 경멸했다.
이토록 많은 물건 중에
갖고 싶은 게 단 한 개도 없다면
면세점과 나, 둘 중 하나는 잘못된 거다.
나 같은 사람이 많았다면
자본주의는 진작에 멈췄겠지.

억지로 돌려받은 펜을 만지작거린다.
빌린 자는 진작에 웃고 끝났는데
빌려준 자는 끝없이 못마땅하다.
이 불균형으로부터는
도망 못 갈 것이다.

떠나기 위해
전 세계 모든 나라를 염두에 두고
검색에 검색을 거듭했다.
다음과 같은 조건을 충족시키는 곳이 있는가?

1. 물가가 싸다

2. 소음이 적다

3. 문화 행사들이 이따금 일어난다

4. 규모가 너무 크지도 작지도 않다

5. 차 없이도 걸어서 다닐 수 있다

6. 산책하기 좋다

7. 내전이 없다

8. 치안이 괜찮다

9. 치안이 지나치게 좋지도 않다

10. 내가 살던 데서 멀다

10-1. 내가 살던 나라 사람들이 적다

11. 거리에서 가래침 뱉는 사람이 없다(적다)

12. 인터넷으로 필수적인 정보는 구할 수 있다

13. 괜찮은 서점이 세 군데는 있다

14. 나쁘지 않은 공공 도서관이 있다

15. 공원을 찾기 어렵지 않다

16. 좋은 시인들이 한두 명은 있(었)다

17. 시를 연구하는 대학이 있다

18. 입학이 쉽고

19. 등록금이 없거나 터무니없이 싸고

20. 영어 시험 점수 따위를 요구하지 않는다

21. 비자 받는 과정이 간소하다

22. 그곳으로 가는 싼 비행기표가 있다

23. 규제 많은 종교가 없다

24. 최소한 알파벳 문자를 쓴다
    (즉, 문자부터 새로 익히지는 않아도
    된다)
25. 아직도 아름다운 풍경을 약간은 간직했다
26. 공기가 나쁘지 않다
27. 너무 더워서 집 밖으로 나가기도 힘들거나
28. 매일같이 모기와 전쟁을 해야 하는 곳
    말고,
29. 너무 추워서 난방비를 감당 못 하고
    결국 아무것도 안 하게 되는 곳
          말고,
30. 해가 너무 짧아서 우울해지는 곳
            말고.

31. 핸드폰 없이도 사는 게 가능하다
32. 섬이 아니라서 다른 나라로 이동이 쉽다
33. 이 모든 걸 돈 없이도 할 수 있다,
    는 무리겠지만
    최소한, 아주 적은 돈으로 가능하다
34. 외국인 물가가 따로 있지 않다
35. 외국인이 적당히 있어서
    사람들이 신기하게 쳐다보지 않는다
36. 인종차별이 피부로 느껴지진 않는다
37. 지나친 민족적 자부심 같은 게 없다
38. 관광 명소가 아니다
39. 사람들이 불친절하거나 공격적이지도,
40. 과하게 친절하지도 않다
41. 나라 이름이 마음에 든다
42. 왠지 모를 흥미가 느껴지는 곳이다…

이 모든 걸 충족시키는 나라가 과연 있을까?

당연히 있을 리 없다고 생각했으나
놀랍게도 한 군데 찾아냈다.

포르투갈이
허용한 생각들

떠돌이

The Wanderer

한번은 누가 물었다
왜 살던 데서 안 살고 굳이 여기까지 왔지?

나 말야?
길에서 가래침 뱉는 소리 때문이지
피할 수만 있다면
무슨 대가라도 치를 용의로,
그래 그래서 여기까지 왔지
혹자는 인생을 그렇게 결정하지
정말 싫은 건 그 물질이 아니라
뱉는 행동에 스민 확신이지.

자본주의 안에서
타인을 증오하지 않기 위해선
거리가 필요하고
거리를 두려면
돈이 필요하다.
일등칸, 특등석, 방음되는 집, 별장…
부자는 골프장에서
지식인은 연구실에서
중산층은 차나 택시 안에서
요령 있게 지옥을 비껴간다.
하층민, 빈자, 이주민끼리
좁은 공간 속에서 매일 부대끼다 보면
무뎌지거나 싫어지거나 둘 중 하나.

돈이 없으면 증오는 물론
예민할 권리도 없다
버는 만큼만 예민해질 수 있다.

이 원칙을 깨고 싶다.
없이 살면서도
모를 다듬지 않고
모난 대로 세상에 찍히고
모난 데로 세상을 찍고 싶다
찍어버리고 싶다!

잘도 찍는구나.

기회만 나면 드러내는 존재감들로
세상은 넘쳐난다

있는 듯 없는 듯 숨어 살 순 없나?
동물들처럼?

모든 게 싫다는 사람 그래서 누구나 싫어하는 사람
그것이 돼가고 있다
매사에 부정적임을 부정할 수 없다.

그래서 떠나기로 했다
이미 떠났지만 떠난 데서 또다시.

살던 데서 살면, 그냥 살면 되지만
떠나기 위해선 그 이상이 필요하다.
한 푼 쓸 때마다 자문하게 된다
여기서 이게 무슨 짓이냐…
본능적으로라도 **의미**를 찾게 된다.

"여긴 왜 왔나?"
"왜 이렇게 멀리까지 왔나?"

흔하디 흔한 질문도
정곡을 찌르는 지적이 된다.

그러게! 왜 왔더라…?

그래서 책을 쓰기로 했다.
책을 쓰면 무언가 하나,
아무리 못해도
단 하나의 의미는
긍정하지 않곤 못 배길 테니.

아무것도 긍정하지 않고
끝나는 책이란 없다.
최소한
무의미라도 긍정해야
마침표를 찍으니.

이만하면 됐다.
세팅은 끝났다.
실험만 하면 된다.
　　　나라는 경우는
끝끝내
무엇을 긍정하게 될 것인가?
그것이 문제로다
죽느냐 사느냐보다.

그의 친구

His Friend

옛날 옛적에, 틈만 나면
나라를 벗어나려고 몸부림친, 오로지
벗어나기 위해 벗어난, 이렇다 할 목적도 없이
나가기 위해 나간 아무개가 있었단다.
떠나고 싶다는 생각을 얼마나 했던지
그 이유마저 까먹었지.
하도 갈고닦다 보니 닳아 없어진 거야.

"쳇, 이유 따위!
원래 전문가는 셀 수 없는 반복으로
영혼이 무뎌지는 법!"

그가 살던 나라는
유난히 비슷비슷한 사람들이 많았고,
갈수록 더 늘고 있었어.
같은 옷을 입고, 같은 걸 보고,
같은 이야기를 하고, 같은 걸 좋아하고,
같은 반응을 하고, 같은 걸 먹고,
그 무수한 **같음**을 위해 기꺼이
우르르 줄 서는 사람들.

그게 그를 미치게 만들었어.

그는 생각했어.
이들을 유형별로 포갠 다음,
각 유형을 한 명으로 치면,
약 백 명쯤으로 압축될 거다.
그렇다면 왜 백 명만 살면 안 되는가?

그러던 어느 날,
(중요한 부분은 다 생략하자 안 중요하니까)
그는 탈출을 결심했어.
전 재산을 팔아 자금을 마련했지.
누군가 (나였나?) 물었어, 갈 돈은 있냐고.
그는 말했어, 표정 하나 안 변하고
"돈? 백만장자라서 괜찮소."
당연히 거짓말이란 걸 알았지만
굳이 따져 묻진 않았어.
어떻게 먹고살 거냐는 궁금증을
원천적으로 차단하려는 대답 같았거든.

실은 누구나 이 나라를 지긋지긋해하긴 해.
공통의 화제를 추구하고
공감을 갈구하면서
정작 **공**이란 건 눈 씻고 찾아도 없지.
나쁜 쪽으론 남 눈치 엄청 보면서
좋은 쪽으론 남 눈치 아랑곳도 안 하지.
…
예를 들라면 끝도 없지.

그렇다고 나가자니
나갈 준비들은 안 돼 있지.
나갈 생각들만 있지.
어쩌면 참을 만한 거지.
정말 죽어도 못 살겠다면
목숨 걸고라도 가잖아.
난민들을 봐.

반면 곧 죽어도 나가야 했던 그.
당연한 얘기지만
현실은 냉담했어.
뚜렷한 목적, 확실한 계획이 요구되거든.
두루뭉술 넘어가 주지 않아.
분명한 목적을 증명 못 하는 자는
의심을 사서 입국 거부를 당하거나
운 좋게 입국해도 체류가 안 되지.
얼마 못 가서 추방이지.

그는 애매했어.
난민도, 이민자도, 망명자도 아니었지.
실은 그 모두였지만
알다시피
어떤 것도 증명할 수 없었지.
고로, **아닌** 거지.

세상에 불만 없는 사람은 없어.
나처럼. 너처럼.
하지만 대부분은 상황에 맞춰
이 타협 저 타협을 하면서
그럭저럭 해결이 돼.
가령, 우린 열혈 사회 변혁가가
애인을 만나며 돌변하는 경우를 보지.

그는 달랐어.
그렇게라도 **해결**될 전망이 안 보였어.
내가 생각해도 답이 없었어.
실은 깊이 생각해 보지도 않았어.
그냥… 생겨먹은 게 삶이랑 안 맞는달까?
전 세계 육십 억 인구 중에
저런 경우도 나오는 거 아니겠어?
공장에서도 불량률이란 게 있잖아.

살면서 누구나 여러 신분을 갖게 되잖아?

…학생, 선생, 고용자, 피고용자, 봉사자,
군인, 일반인, 애인, 배우자, 형, 동생,
무슨 무슨 감투, 운동팀의 포지션, 선배,
후배, 강연자, 청중, 시민, 투표권자,
고객, 소비자, 승객, 관객, 납세자,
외국인, 내국인, 회원, 비회원…

그의 경우는 이 모든 신분 중에
딱 하나만 평생 지속된 거야.
    이방인.

그에게서 몇 통의 이메일이 왔었어.
이젠 끊겼지만.
내 탓이지. 답장을 제때 못 했거든.
바쁘다 보니… 아니 그보단
뭐라 답하기가 애매했어.
솔직히 불편했어.
볼멘 소리로 느껴졌달까?
자기가 나가고 싶어서 나간 주제에
웬 불만이래?
솔직히 한마디만 할게.
난 이런 부정적인 사람을 보면
정말 화가 나.
누구는 부정을 못 해서 안 하나?
일단 살기로 했으면,
최선을 다해서 '긍정적인' 자세를 가져야지.
정 싫으면 나가 죽든가!
뭐? 내가 너무 차갑다고? 글쎄.
사실 우린 친구 사이도 아니었다고.
그저 '아는' 사이였지.

그래도 약간은 후회가 돼.
지금 와서 다시 생각해 보면
그가 나간 건 선택이 아니었어.
선택을 빙자한 무언가였어.

[1]
"…그저 존재하기 위해 서류전을 치르고,
비싼 대가를 치른다. 내 운명은 철저히
외국 관료들 손에 달려 있다. 모든 수고
끝에 비자를 손에 넣어도, 향후 십일
개월간 '존재해도 좋다'는 허락 이외의
의미는 없다. 일도 할 수 없다. 그리고
두 달 후부턴 또다시 그다음 해 허가를
준비해야 한다…"

[2]
"…이민도 사치라고 너는 말한다.
정작 나와 보면, 나온 사람들은 사치와
거리가 멀다. 자기 나라에서는 가망이
없는, 실패하고, 못나고, 부족하고, 교육
덜 받은 이들투성이다. 유학파, 연수파,
여행가들은 챙길 걸 챙겨 귀국한다.
이민은 다르다. 용기, 사치, 희망찬
재기와 무관하다. 기껏해야 절망에 대한
반응, 최소한의 변화에 대한 실낱같은
기대다. 누구나 태어난 곳에 눌러앉는
게 편하다. 그게 안 돼서 나가는 거다.
그동안 살아온 삶, 그게 어떤 삶이건
간에, 쌓아놓은 게 있든 없든 간에,
모든 걸 무효로 돌리는 한이 있어도
나가겠다는 절실함, 그게 사치라면,
사치 말고 무얼 위해 사나?

[3]

"그토록 기다리던 인터뷰 날이 밝다. 룸메의 샤워가 끝나기를 기다린다. 집을 나선다. 15분을 기다리다 버스 탑승. 지하철역 매표소에서 3분을 기다린다. 충전 후 7분을 기다리다 열차를 탄다. 환승을 위해 내려, 5분을 기다리고 갈아탄다. 은행에 들러 번호표를 받고 15분간 기다린다. 예금 확인서 발부를 신청하고 기다린다. 잠시 후 10유로(1만 3천 원!)를 달란다. 그렇게 비쌀 줄 몰랐기에 현금인출기로 간다. 앞에 있는 노인을 3분간 기다린다. 그사이에 누가 끼어드는 바람에, 5분을 기다리고 돈을 내고 서류를 받는다.

이민국. 건물 밖까지 늘어선 줄 끝에 선다. 25분을 기다렸다가 번호표를 받는다. 내 번호가 53번인데 지금 37번이다. 10분째, 20분째, 30분째 기다린다. 여전히 37번이다. 아, 언제까지…
드디어 번호가 바뀐다. 그런데 이게 웬일? 36번으로 내려간다! 맙소사!
장내에 탄식과 고함이 터져 나온다. 밖에서 1시간 45분을 기다린다. 차례가 되어 1층 접수실로 간다. 직원이 서류를 보는 동안 10분을 기다린다.

새로운 번호표를 받고 2층 대기실로 간다.
거기서 2시간 20분을 기다린다.
드디어 내 차례. 들어갔더니 앉아서 기다린다. 10분쯤 기다리자 드디어 진짜 내 차례가 된다. 나만큼이나 지친 직원이 물 한잔 마시고 올 테니 기다린다. 10분쯤 후, 그녀가 담배 냄새를 풍기며 온다. 처리하는 동안 20분을 기다린다. 조심스럽게 질문을 하나 한다. 답이 없다. 1분 후 단답형의 대답이 돌아온다. 서류 원본을 던지다시피 돌려준다. 문화 차이겠거니, 고맙다며 받는다. 150유로(18만 원!)를 내란다. 낸다. 잔돈을 받으러 1분을 더 기다린다. 수속을 마치고 나와 10분간 버스를 기다린다. 집 근처 슈퍼에서 장을 보고 줄을 선다. 앞사람이 할인 쿠폰을 찾는 동시에 웃고 농담하며 통화하느라 5분 넘게 기다린다. 귀가해 우편함을 확인한다. 기다리던 우편은 오지 않았다. 주전자를 올려놓고 물이 끓기를 기다리는 동안 메일을 확인한다. 기다리던 메일은 없다. 날이 저물고, 잠을 기다린다.

성자

The Saint

리스본 지리에 점점 익숙해지면서
파리 날리는 곳들을 섭렵하고 다녔다
아니 파리조차 날리지 않는 곳들을.
사람들로 붐비지 않는 곳이라면
반드시 한 번은 둘러봤다.
사람들을 끌지 못하는 곳이라면
분명히 뭔가가 있을 터.

사물의 원리를 알고 싶다
세상이 돌아가는 원리 말고
돌아가지 않는 세상들의 원리를.

인생에 몸을 담긴 담그되
자기에게 유리한 쪽으론
여간해서 머리가 안 도는 이들의 머리를
까보고 싶다.

비스뉴 오슈티가 운영하는 네팔 식당에는
앙코르와트 사진이 붙어 있다.
그와 나 외엔 아무도 없는 점심시간
서로 다른 항해를 하다가 난파되어
무인도에서 만난 두 명의 표류자처럼
우리는 대화를 나눈다.

라씨를 주문하면 비싸다고 말린다.
비싼 카레를 주문하면 싼값에 해준다.
손님 돈을 자기 돈처럼 생각하는 주인.
그는 포르투갈어가 서툴다.
말끝마다 습관적으로 'aber'다…

아, 혹시 독일에서 살았습니까?
그렇습니다만.
혹시 어디에?
함부르크였죠.
그럼 독일어로 할까요?
Sehr gerne.
그런데 이번에는 똑같은 방식으로,
똑같은 자리에 반복한다
'another'라고.

세상에서 가장 있을 법하지 않은
독일어 시간은 그렇게 계속된다.

저, 다음 달에 이사 갑니다.
그가 화들짝 놀란다.
네? 담 달에 자살…하신다고요?

외롭지 않다면 유지될 리 만무한 관계들
지극히 불완전한 대화들
덕분에 원천적으로 봉쇄되는
내용 없는 말장난, 그리고
줄어드는 쓰레기.

이어지는 배려
나를 위해 틀어준 CNN
차라리 꺼주는 편이 낫지만
미묘한 메시지를 전할 엄두가 안 나
묵묵히 자살 테러 소식을 보며
시금치 카레 가격에 해준
가지 카레로 배를 채운다.

두 달 후,
그는 나를 집으로 초대하겠다는
약속을 지키는 데 실패한다
카트만두의 지진 소식을 (벌써 두 번째!)
뒤늦게 접한 다음 날 안부를 묻는다.
그의 고향 집은 첫 번째 때 무너져
전 가족이 텐트 생활 중…
이미 망가진 것, 차이는 없단다.

가보지 않아도 괜찮겠습니까?
그럴 돈이 있다면 부쳤겠죠.

그렇군, 바보 같으니.

나는 모든 면에서 저능해져 간다.
모국어를 버릴 때 걸리는 병은
첫 발병 후엔 점점 더 심해진다.

낯선 곳, 이방인들 사이에서
마음만 이상하리만치 편해지고
언어는 모조리 불완전해진다.

언어를 배울 때만큼은
누구에게나 겸손해진다
다른 대안도 없기에.
누구에게서든 어디서든
배울 수 있기에.

가진 것도 없는 주제에
거만하게 태어난 사람은
종종 외국에서 외국어를 배워야 한다
그래야 남에게 의존하면서
거만함이 쏙 빠지고
자아가 찌그러지고 쪼그라든다.

하여간에
작아지고 있다는 건
일단 성공.

비둘기

The Pigeon

미친 듯이 갈구한 자유
정작 주어지면 피운 딴전.

영원히 집이라는 감각을
갖지 못하리라는 감각.

잘못된 바닥에 떨어져
썩지도 못하는 것들.

도시 전체가 그의 피리 소리를 알지만, 아무도 찾지 않는
리스본의 마지막 칼갈이.

처음 배운 포르투갈어 동사
v. janelar: 창문하다

어떤 곳에선 몸서리치게 혐오당하는 이물질.

어떤 곳에선 쉼터와 음식을 제공받는 손님.

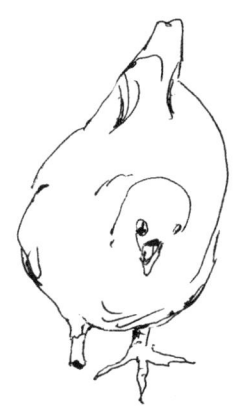

남들이 버리기에
내가 취하는
쓰레기가
되는 삶.
남들이 싫어하기에
나는 좋아해온
것들
쓰레기를 닮은
아니 그만도 못한
쓰레기는 치우기라도 하지
아스팔트와 한 몸이 될 때까지 놔두진 않지

길거리에서 사람이 죽으면
우리는 어떻게 해야 하는지 안다.
동물이 죽으면?
아, 이 문제는 얼마나 나를 괴롭혔던가!
어릴 적부터…

깔려서
납작해진
삶들
눈 깜짝할 순간에
삼차원에서 이차원으로
주저앉은 형체들
내장이 튀어나온 몸들

먹지도 않는 고기들
치우지조차 않는
죽음들

아이

The Kid

그날이 틀림없다.
평생 처음으로 죽은 고슴도치를 본 어느 겨울날 아침,

검은 강 같은 아스팔트 위에
등의 가시가 놀랄 만큼 멀쩡한 채로
둥둥 떠 있었다.

모두가 본척만척 지나치는데 한 소년이 가던 길을 멈춘다
그러나 그의 아빠가 길을 재촉하는 바람에 끌려간다
아빠들은 상황을 안전하고 따분하게 만들지…

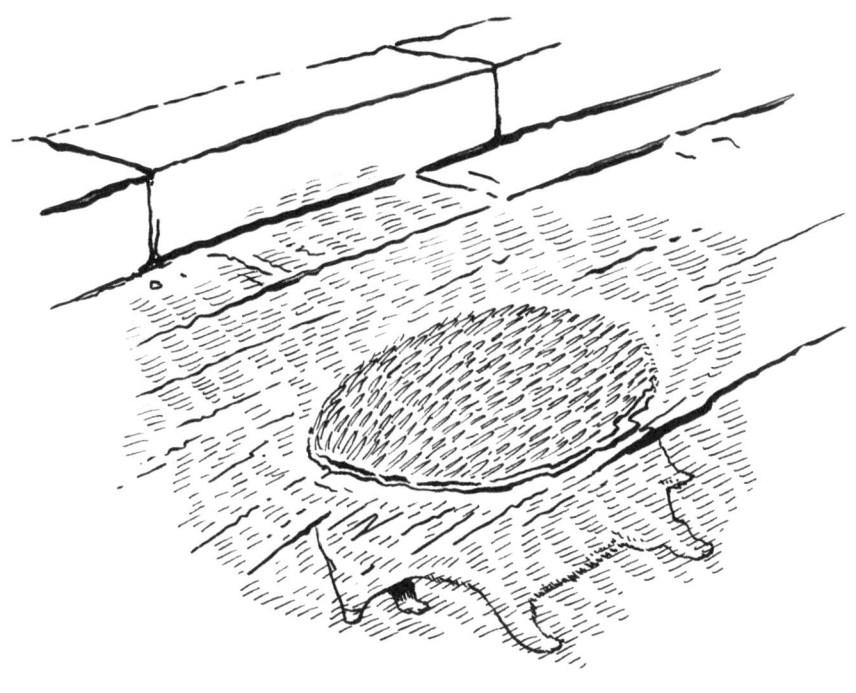

다른 소년이 온다
이번엔 혼자다.

이력이 있는 아이다.
죽은 동물을 덥썩덥썩 만진다고
소문난 지저분한 아이.

당연히 만지려고만 하면 방해한 어른들
더럽다, 위험하다, 병균이 우글거린다…

그러나 겁주는 어른들이
훨씬 더럽고 위험한 존재라는 걸
깨닫는 데는 오래 걸리지 않았다.

소년은 어른들 눈을 피해 몰래 만지고 안고,
여의치 않으면 풀밭에다, 여건이 되면 흙 속에 묻어준다.

오래가진 못한다.
발각될 때마다 혼이 난 건 물론,
이웃에게 신고까지 당해 벌금도 문다.
세상은 소년에게 죄의식을 심어주려 한다.

아이는 절실히 깨닫는다.
아무리 나쁜 짓을 해도 여럿이 하면 넘어가고
아무리 좋은 일을 해도 남들 안 하는 걸 하면 걸리는구나.
결국 다수와 소수의 문제구나.

주위의 만류에도 불구하고
죽은 동물들을 거두려는 꿈은 사라지지 않는다.
책 몇 권 읽고 머리가 굵어지면서 더더욱.

그러나 당장 실천할 방법을 못 찾고 시간만 흐른다
죽은 고슴도치도 기억의 표면에 가시만 남기고 희미해져 간다.

어느새 아이는 어른이 된다
인간에 대한 환멸만 커져가던 어느 가을날.

어른은 귀갓길에 건너편에서 노인이 다가오는 걸 본다
옹졸하고 표독스럽고 깔끔 떨 것 같은 인상.
재수없게도 시선까지 마주친다.
당연히, 곧바로 눈을 피한다.
그런데 마침 그때 길바닥에 비둘기가 한 마리 죽어 있는 걸 발견한다.
이미 어른이 된 그다.
속으로 몇 가지 이유를 대면서 외면하고 지나간다.

그런데 그 노인이, 뒤늦게 비둘기를 발견하고는
손이 더러워지는 것도, 주위 시선 따위도 아랑곳하지 않고
멀리서도 수전증이 눈에 띄는 그 손으로
비둘기 날개를 쥐더니 조심스럽게
풀밭으로 옮겨준 다음 손을 털고 가는 것이다!

그날 밤 그는 꿈을 꾼다.

사방에 동물 시체들이 널부러져 있다.
온갖 동물들이…
여기저기 깔려 있다

그 시체들 사이를 걷고 또 걸었다.

다리가 아파오자, 죽은 비둘기 위에 앉았다.
비둘기가 벌떡 일어나더니 항의를 했다.
    너까지 그러기냐고.
화들짝 놀라 곧바로 사과를 했다.
    안 그래도 죽은 몸, 앉아서 미안하다고.
비둘기는 답했다.
    그게 문제가 아니라, 보라고,
    네가 네 개를 어떻게 했는지.
나는 부인한다.
    저거? 저건 내 개가 아니야.
비둘기가 한숨을 쉬면서 말한다.
    등잔 밑이 어둡구나…

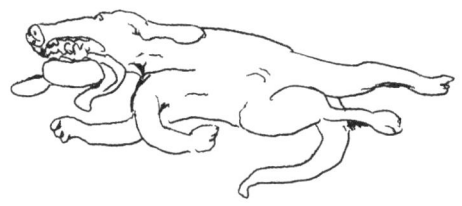

정신 차려보니…!
산책시키던 내 강아지가 깔려 있다.
그걸 이제야 알다니?!
내 강아지가 죽는 동안
난 보고만 있었던 거다…

꿈속에서
내가 할 수 있는 건 부질없는 조의뿐이었다.
꿈 밖에서는?

영화

The Cinephile

내가 루이 카라바주를 정식으로 만난 것은 포르투 다큐 영화제에서였지만 그의 존재는 예전부터 알고 있었다. 세계에서 단위면적당 기인이 가장 많다는 포르투갈에서도 그는 눈에 띄는 사람이었다. 리스본 시네마테카는 물론, 전국에서 열리는 영화제란 영화제에는 빠짐없이 모습을 드러내며 영화판을 기웃거리는 대개의 부류와는 확연히 구분되는 그를 알아보기란 그다지 어려운 일이 아니었다. 카라바주 씨와 나, 우리 둘에겐 공통의 지인 호텔 보이 마리우 페르난데스가 있었다. 지난봄, 포르투에서 마리우를 만났을 때 그는 파소스 마누아이스 극장에서 열린 「감독과의 대화: 아키 카우리스마키」를 구경하고 나오는 길이었다. 그에 따르면, 카우리스마키는 영화에 관한 얘기보다 청중이 핀란드란 나라에 대해 가질 법한 환상을 깨주는 데 더 관심이 있었다. 그의 말을 듣다 보면 마치 연옥처럼 묘사되는 핀란드가, 지금까지 그려진 그 어떤 **이미지**보다 훨씬 더 실제에 부합하리라는 확신이 든다는 것. 궁금해진 나는 해적판으로 「천국의 그림자」와 「오징어 노동조합」을 구해 봤다. 헬싱키 청소부 니칸더의 삶을 다룬 첫 번째가 맘에 들었다. 기막히게 우울한 남녀, 침묵의 데이트, 무미건조한 헤어짐과 재회, 무작정 에스토니아의 수도 탈린으로 도망가는 결말, 실로 오랜만에 마음에 드는 영화였다.

그래도 핀란드란 지옥은, 트럭을 타고 페리를 타고 한 시간 만에 도망갈 다른 지옥은 있군! 그다음 날 마리우를 만나 니칸더를 알게 된 후 세상에서 유일하게 가치 있는 직업은 청소부라는 평소 지론이 더 굳어졌다는 감상을 전했더니 마리우는 적극 동의하며, 니칸더의 분신 같은 자를 안다고 덧붙였다. 실제 직업도 청소부라는 것. 그가 괴짜 영화광 카라바주 씨와 동일 인물임을 깨닫기까지는 그러고도 몇 번의 대화가 더 필요했다.

시네마와 청소부라…
이듬해 가을, 다큐 영화제 때 콜리세우 앞에서 일본인 친구 히로아츠와 시간을 죽이고 있었을 때, 느닷없이 카라바주 씨가 나타났다. 나는 그를 곧바로 알아봤지만 그가 아는 척을 하며 우리에게 먼저 다가올 줄은 꿈에도 몰랐다. 남을 관찰만 하다가 관찰당하고 있었다는 걸 깨닫는 거북함이란! 알고 보니 그가 알아본 건 히로아츠. 사실 둘은 아는 사이도, 모르는 사이도 아니었다. 그는 히로아츠에게 옆 동네 영화제 정보를 알려주었는데, 거의 강권하다시피, 요구하지도 않은 팸플릿들을 들이밀었다. 평소 얌전하고 사람 좋은 히로아츠가 누군가를 드러내놓고 피하려는 모습은 처음 봤다.

그 역시 우리 일행과 같은 영화를 기다리는 중이었기에 나는 합석을 제안했다. 자연스럽게 내 소개를 했으나 전혀 관심을 보이지 않았다. 영화광들이 현실에 무관심한 건 흔한 일. 아니나 다를까, 왜 그렇게 영화를 좋아하느냐는 다른 친구(한 명 더 있었다)의 질문에 그는 전쟁이나 사람 죽이는 일 따위엔 관심 없다고 답했다. 그는 묻는 말에 대한 대답도 아니고, 완전한 동문서답도 아닌, 한마디로 자기가 원하는 말만 했다. 그러고는 허름한 장바구니에서 아무도 원치 않는 영화제 정보들을 꺼내 연거푸 들이밀었다. 그 주머니 안에는 장담컨대 아비 바르부르크의 아카이브보다 더 방대한 양의 정보가 담겨 있었으리라. 나중에 히로아츠에게 들은 바로는, 그가 매번 팸플릿으로 자기를 고문한다는 것.

영화와 고문이라.
남을 고문하기엔 예술가만 한 직업도 없지. 놀랄 정도로 안 놀라운 재능들. 곧 죽어도 아티스트라는 호칭, 박수갈채는 갈구한다! 이류, 아니 삼류면 더 좋다, 보는 사람 눈높이가 그러니까.

고통의 영화관…
가만히 앉아서 재미 보겠다는 사람들이 훌륭할 인품을 지녔을 리 만무하다. 열에 아홉은 무뢰한. 늦은 도착, 앞자리 툭툭, 바스락바스락, 쩝쩝, 조잘조잘, 쪽쪽, 거친 숨소리, 수시로 핸드폰 꺼내 보기, 그리고 이 모든 걸 한꺼번에. 그래도 영화관은 따뜻하다. 어차피 영화는 나가리, 사람 없는 곳이나 찾자. 덕분에 예술영화 전문 관객이 되었다. 객석이 빤히 텅 비리라는 걸 알면서도 꼬박꼬박 예약까지 하고, 그래도 사람이 몰릴지 모른다는 근거 없는 불안감에 시달리며, 극장에 두 명만 있어도 너무 많다고 느끼는…

하지만 진짜 고문은 상영 직전
프로그램들이다. 눈곱만큼도 관심 없는
감독과의 대화, 털끝만큼도 안 궁금한
평론가의 입담, 끝나고 하면 다들
가버린다고 미리하는 말 고문!

자, 스크린 앞에 얼간이 대여섯이 섰다.
소개할 사람을 소개하고 그 사람을
소개할 사람을 또 소개한다. 그냥 저
앞에 서고 싶은 거다. 그러면서 관객을
위한 시간이라고 확신한다. 말, 말,
말… 그러는 사이에 반 시간이 지나고,
중간중간 박수는 일일이 챙겨 받고,
마지막 연사에게 드디어 마이크가.
입을 연 지 오 분 만에 뒤통수를 갈기는
한마디: 전 영화 보기 전에 말하는
걸 싫어하는 편이라, 최대한 짧게
하겠습니다… 너 무사하지 못했을 거야,
난방비가 표보다 비싸지만 않았더라면.

끔찍한 (가령, 담배 피우는 장면을 빼면
무너질 팔 할의) 영화들, 더 끔찍한 행사,
되지도 않는 기획. 당연히 질문은 없고,
사회자의 억지 진행. 감독은 끝까지
뻔뻔하게: "그런 질문 자주 받는데요…"
거짓말 마! 당신들에게 필요한 건,
재능이 없으니 **그만 찍으라**고 조언해 줄
사람이라고! 정말 독립적인 사람만 독립
영화를 찍는다면 상업 영화를 그립게
만들진 않을 텐데. 자본주의는 왜 지는
싸움이 없나? 재능을 비관하고 길을 접은
양심가들이 존경스럽다.

아무리 졸작을 만들어도 유명하면
몰리고 몰리면 더 몰린다.
왜 다들 저렇게 멍청한 줄 알아?
똑똑해서 그래! 어차피 시간 낭비라면
유명하다고 쫓아다니는 게 무명하다고
쫓는 것보다 낫다는 걸 아는 거지.
반면, 팸플릿상으론 전 세계 영화들이
소외된 곳과 변방에 눈길을 돌리고 있다.
그 모든 걸 소재로 잘도 찍고 쓰고 내고
신나게 강연들을 다닌다.
무명과 몰락과 무위를 미화하면서.
그래 너의 할 일은 **알리는** 거니까,
세상의 그늘진 곳! 주변부! 멋진 말이네.
희망? 참으로 신기한 발명을 했구나!
피해자? 피해자!
잠깐 보면 누구나 그렇지.
나처럼 데리고 살아봐야 알지.
누가 누가 더 밉나?

주류 〈 주류에 한 표 보태는 인간
〈 비주류에서 진정성 찾는 인간들?

이젠 누가 더 미운지도 모르겠다.

기회가 있었다면 똑같이 했을 사람들.
몰락을 표방해도 바라는 건 상승이지.
하강도 더 높은 상승을 꿈꾸면서 하지.
극소수만 자유낙하를 하지.

선악을 구별하는 건 쉬워.
날카로운 진실을 한마디만 해봐.
약한 인간은 대번에 자기 얘긴 줄 알고
흠칫한다. 얼간이는 자기 얘긴 줄 알면서
남을 대변한다는 식으로 방어한다.
정말 나쁜 인간은 무슨 말을 해도 자기
얘긴 줄 모른다. 적극적으로 모른다.
일단 네 이야길 듣고 앉아 있지도 않는다.
지금도 나쁘느라 바쁘다.

쏟아지는 영화제, 시원찮은
프로그래머들, 폼만 잡는 평론가들,
알고 보면 다들 한통속이면서 뒤에선
어찌나 서로를 싫어하는지! 초대할
가치도 없는 사람만 골라 초대한 영화제,
초대받아야 할 사람 빼고 모두 모였다.
놀러 다니는 워크숍, 마스터 클래스,
세미나, 학회… 관심은 끝나고 갈
식당 예약에 쏠려 있다. 감독은 배우의
프로**패션**널리즘을, 배우는 감독의 비전을
침이 마르도록 칭찬한다. 나는 반성한다.
넌 왜 여기서 이딴 걸 듣고 있나?
방이 춥지 않았더라도 여기 있었을까?

　　　아, 영화와 쓰레기라…

여기서 잠깐 끊고 가겠습니다.

앞서 우리는 '호랑이' 유형이 '곰'의 그늘에
가려져 주변화된 존재라고 전제했었습니다.
정말 그럴까요? 오히려 그 반대가 아닐까요?
전 역사에 걸쳐 호랑이는 용맹과 기상의 상징으로
수없이 부각되어 왔고, 현대사회에서도 모험과
도전 정신처럼 우리가 강조하고 장려하는 가치를
대표하죠. 사회, 학교, 기업, 어디에서든 간에요.

그러나 그건 간판일 뿐, 실상은 전혀 다릅니다.
여전히 우리 내면에 굳게 뿌리내린 신화는 곰을
긍정합니다. 의심이 가면 직접 실험해 보세요.
인생을 걸고 정말로 한번 호랑이가 되어보세요.
과연 어떻게 될까요? 기업, 학교, 사회, 어디서건
물만 먹습니다. 기본적인 인간관계부터
틀어집니다. 이 사회에 적응한다는 건, 억압이라는
마늘을 얼마나 오래, 많이 까서, 삼키고 삭힐
수 있느냐입니다. 그리고 그것의 달인이
누구겠습니까? 바로 곰입니다.

곰이 좀 답답하다는 정도는 누구나 느낍니다.
그러나 자유의 공기를 맛본 적 없는 허파가
답답함을 알아봤자 얼마나 알겠습니까? 게다가
곰의 무수한 장점들은 그 '옥의 티'를 상쇄하고도
남습니다. 신화 속의 곰을 떠올려보세요. 자기가 뭘
원하는지에 대한 정확한 이해, 뚜렷한 목표 의식,
초지일관한 자세, 사람으로 변하겠다는 첫 번째
목적을 이루자마자 그다음 목표, 즉 '애'를 갖겠다는
의지를 확실히 관철하여 재생산에 성공하는 추진력.
이 모든 게, 이 사회가 추구하는 근본 가치들과 잘
부합합니다. 곰에게 유리한 동굴이라는 지형도,
호랑이가 뛰쳐나간 저 산과 들판의 황량함, 산만함,
정처 없음에 비하면 얼마나 포커스가 되어 있고,
안정감 넘칩니까?

제도권 사회뿐만이 아닙니다. 주류를 지양한다는
이들도 '탈주', '가로지르기', '지평 확장' 등 말은
잘하지만, 구체적인 삶에서는 절대로 호랑이를
키우지 않습니다. 조금 다른 곰, 약간 다른
동굴을 추구할 뿐입니다. 기껏해야 살짝 외진
동굴에 사는, 살짝 다른 곰 정도죠. 철학자, 작가,
시인, 비평가라는 자들도 입으론 호랑이 정신을
부추기지만, 그들 역시 자기 주변은 곰들로 채우고
안온한 동굴을 확보한 후, 그제서야 추위에 대해,
곰이 아닌 것들에 대해 씁니다. 그렇습니다.
'쓸' 뿐, 살진 않습니다.

참고로 저는, 이 나라 최악의 발명품을 온돌이라고 봅니다. 지지고 앉아 있다 보면 나가기가 싫어지죠. 거기서 그치는 게 아니라 나가려는 남까지 말리죠. 가긴 어딜 가냐, 나가면 뭐 있더냐, 별거 없다, 환상을 버려라, 가봤자 실망만 하고 돌아올 거다, 십 리도 못 가니 그냥 눌러앉아라, 우리끼리 지지고 볶으니 좋지 아니하냐… 그렇게 온돌에 동그랗게 쭈그리고 앉아 훈훈해하죠. 드라마와 쇼 프로, 뉴스와 건강 정보에 둘러싸여서… 대강 이런 분위기인데, 호랑이가 대변하는 가치가 무슨 힘을 발휘하겠습니까? 기껏해야, 나나 내 처자식이 직접 하는 건 반대지만 멀리서 남이 할 때 '좋아요' 한 번 눌러주는 정도의 가치겠죠. 그런 가치가 가치일까요?

호랑이는 없습니다. 구호로만 존재합니다. 이따금 '성공한 호랑이'의 사례에 열광들을 하는데, 그건 가짜입니다. 진짜 호랑이는 원천적으로 실패할 수밖에 없습니다. 단, 여기서 실패를 미화하는 인간들을 특히 조심하세요. 그들 중에 실제로 실패한 사람은 없습니다. 자신은 일단 안정권 안으로 진입한 다음, 남에게 실패도 경험이니 겁내지 말라고 부추깁니다.

자, 최초의 질문으로 돌아가 봅시다. 뛰쳐나간 진짜 호랑이는 어떻게 된 걸까요? 가죽이라도 남겼을까요? 아닙니다. 가죽마저 벗어던지고 가버렸습니다. 자기 자신으로부터도 뛰쳐나간 겁니다. 이제 호랑이도 무엇도 아닌 이상한 짐승이 된 셈인데, 저는 이를 '퀭'이라고 부르겠습니다. (경망스런 호모 티게르 따윈 잊어주세요.)

퀭이야말로 이 사회에서 하는 역할이 분명합니다. 퀭이 사회로부터, 자기로부터 뛰쳐나가 보기 좋게 실패해 내장을 드러낸 채 널부러져 있을 때, 사람들은 가슴을 쓸어내립니다. '천만다행이다, 저게 내가 아니라서. 또, 내 새끼, 내 가족이 아니라서…!' 우리가 안전망을 벗어난 이들이 겪는 사고, 부적응, 실패를 목격할 때, 입 밖으론 못 꺼내고 속으로만 쉬는 안도의 한숨. 타인의 불행이 곧 내 행복, 까지는 아니지만, 나의 안녕을 환기시켜 주긴 하죠. '안정적인 선택을 하기를, 현명하신 분들 말을 듣기를 정말 잘했구나.'

이제 정리가 되셨습니까? 자신의 그릇된 판단과 불행한 결과를 통해 타인에게 상대적 만족감과 '최소한 저렇게 되진 않아서 다행'이라는 위안을 주는 가장 낮은 참조점, 그것이 바로 '퀭'의 존재 가치입니다.

이 대목에서 꼭 오해하시는 분들이 있어서 한마디만 덧붙입니다. 저는 호랑이는 물론, 이 퀭이란 유형의 멸종을 전혀 애석해하고 있지 않습니다. 오히려 저는 이 유형이 마땅히 사라질 만해서 사라졌다고 봅니다. 여러분도 보셨죠? 조금이라도 긍정적인 구석이 있었나요? 이런 부정적인 인간 유형은 우리 사회와 민족은 물론 인류의 발전에 아무런 긍정적 기여를 할 수 없고, 고로 배척당하고 경멸받아도 싸다고 (혹은 어쩔 수 없다고) 생각합니다. 제가 가장 경계하는 건, 퀭을 미화하고 낭만시하는 감상적인 접근, '뛰쳐나감'을 옹호하고 동경하는 태도입니다. 바로 그런 허상을 갖는 걸 방지하기 위해 이렇게 '열심히' 발굴까지 해서 보여드리는 겁니다. 호랑이가 결국 어떻게 퀭으로 전락하는지, 퀭의 삶이 얼마나 무가치한지, 그 끝은 얼마나 초라한지를 정확히 인지해야, 괜한 환상을 품는 일도 없지 않겠습니까?

자, 벌써 시간도 됐고, 오신 분들도 지루해하시는 것 같으니… (에헴) 이쯤에서 마무리 지을까 합니다. 사실 자료는 더 남아 있으나 같은 얘기가 반복될 뿐이라 굳이 이 자리에서 공유할 가치는 없을 듯합니다. 시간이 남거나 정말로 궁금하신 분을 위해 '제2부'를 지우지 않고 이 컴퓨터에 놔두고 가겠습니다.

질문 없으시죠?

비공감주의

나의 대학에는

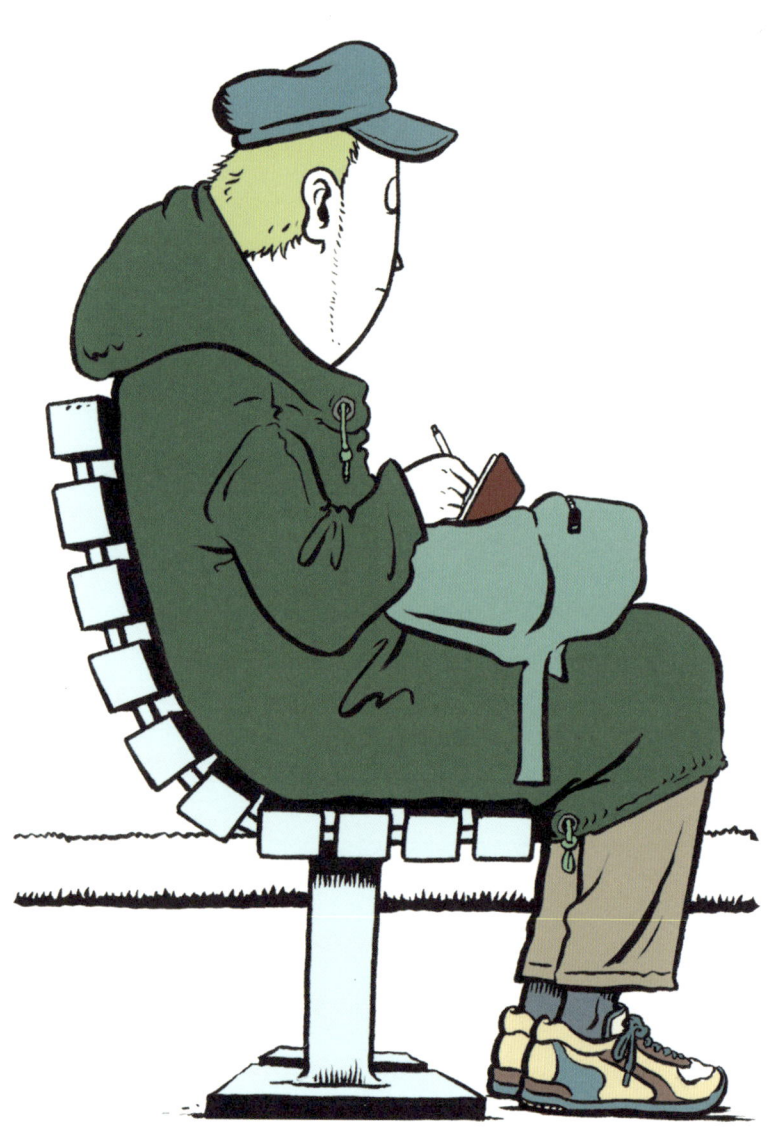

많은 것이 필요 없다.

풍경,

등장,

관찰, 세 가지면 충분하다.

산책자

Le Flâneur

공원에 앉아 생각한다
균형 잡히지 않은 내 인생을.
어떻게 하면 더 안 잡힐까?

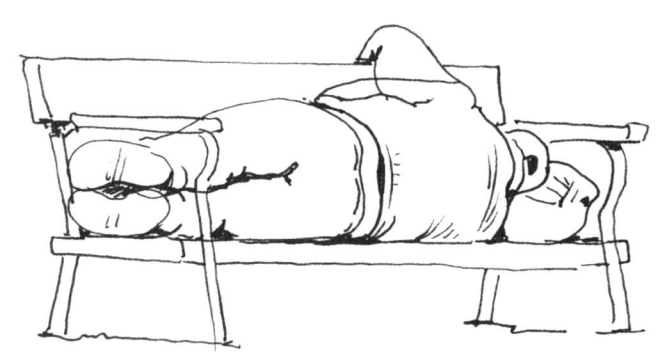

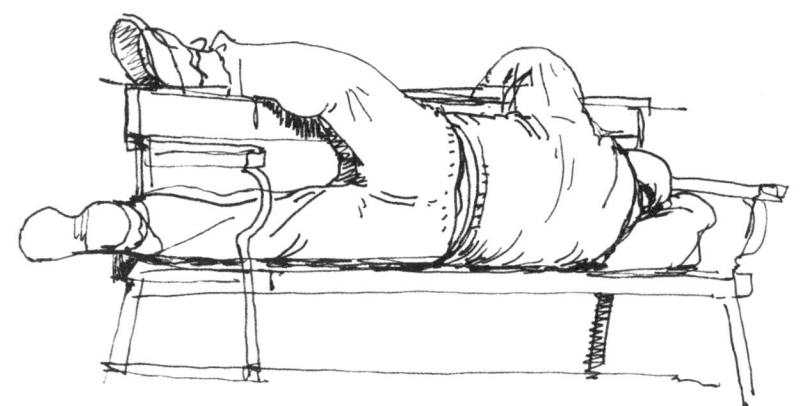

이곳은 비수기.
기회만 주어지면 누구나 떠나버릴 시공간
실은 무언가 잘 안 풀려서 온 곳
아니었다면 올 일 없는 곳
정말로 선택을 해서 온 사람은 없는 곳
그곳을 끝까지 지켰네

온갖 사람들이 오고 갔지
그들은 **좋은 경험들**을 하고 갔어…

      어떻게 하면 사람들이 좋아하는지 나는 몰라.
      알아도 행할 순 없어. 그건 내가 아니니까.
      어떻게 하면 사람들이 싫어하는지는 알아.
      행할 수도 있어. 내가 되면 되는 거니까.

사람들이 뭉클할 때 난 소름이 끼쳐
여러 명이 모여만 있어도 거부감이 일지
어린이들이 웃으며 노는 소리에 두드러기가 돋고
갓난애를 귀엽게 인지하는 감각을 상실했어
자식을 바라보는 부모 눈에선 자기애(自己愛)만 보이고
손잡고 걷는 노부부의 모습이 아니꼬와
이성도 동성도 예뻐 보이지 않고
이혼은 생각해 본 적 있지만, 결혼은 고려 대상도 아니지
만족스런 자위가 있는데 거추장스런 성교에 목매는 것도
남이 공 차며 돈 버는 놀이를 구경하는 것도 전혀, 이해가 안 가.

      인류라는 종이 싫어, 싫어할 만하기에.
      내 인종이 싫어, 맘 놓고 싫어할 수 있는 유일한 인종이기에.
      내 나라가 싫어, 대놓고 싫어할 유일한 나라이기에.
      내 자신은 그만 싫어하려고. 너무 쉬운 일이니까.

나는 비공감주의의 창시자.

비공감주의는 창시자가 여럿.
모이지 않기에 각자 다른 정의들이 통합되지 않는다.
비공감주의라는 말 한마디에만 찬성,
나머지는 제각각.

뜻?
설명이 필요 없다.
이런 시대, 이 시점에서,
'비공감주의'라는데
그래도 못 알아듣고 설명을 요한다면,
노예적 사고를 연마한 사람일 터,
왜 이런 데서 시간 낭비를 하나,
저기 공감주의가 두 팔 벌려 반기는 데 가지 않고?

내게 있어서 비공감주의란
모두가 공감해야 할 만한 것 따윈 없다는 주의다.

무언가가 진짜일수록
공감하기 어렵다는 주의다.

공감하기 쉬울수록
가짜라는 주의다.

절대 다수가 공감하는 것이 있다면
그 사실 자체만으로도 위협을 느낀다.

특히 이런 시대의 대다수가 지지하는
사람, 생각, 물건, 발명품, 작품 등은
사기일 가능성이 대단히 높다고 전제하는 주의다.

내가 알기로 인류의 선결 목표는
절대 빈곤과 기아, 질병을 없애는 거다.
한마디로, 빈곤층을 중산층 정도로 끌어올리는 것.
그런데 그 목표라는 중산층을 한번 보라
먹고살 만해진 그들이 하는 짓을.
다 같이 노력하자고? 저걸 위해?
저 외식, 저 가족, 저 자식, 저 차, 저 집을 위해?
저 티켓, 저 놀이, 저 성교, 저 축구 경기를 위해?
설마!
저런 에고로 가득 찬 사회의 번영, 반복, 재생산을 위해?
지속 가능성이라고?
이걸 지속하자고? 이 재앙을? 농담이겠지!
너나 해! 난 빼줘!

예상되는 반론들도, 그 때문에 길어지는 서두들도, 다 집어치워.
비생산성, 지속 불가능성, 경기 후퇴, 인구 감소, 불안, 우울…
다 오라 그래. 어서들!
있는 그대로 맞이해 줄 테니.
노래도 듣지 않고, 담배도 피우지 않고, 커피도 마시지 않고,
신문도 읽지 않고, 전화기도 없이, 혼잣말조차 하지 않으며
시간을 맨몸으로 마주하는 데 방해가 되는 모든 것과
시간 죽이는 걸 돕는 모든 보조 기구들을 버리고
매 순간 각성되어 시간의 질감을 완벽히 있는 그대로 맛보겠어
그런데… 아뿔싸! 그러는 바람에 본의 아니게
만사의 가치를 음미하는 구조로 삶이 재편성돼 버렸구나
이게 의도가 아니었는데.
나,
나는 실감하는 인간.
아무것도 실감 못 하고 맘 편히 죽을 수 있는 신세기에
최초로 아니 최후로 실감에 압도당한 인간…

게다가 배움에의 유혹에
번번히 흔들렸어.
흔치는 않지만
아직도 세상에는 스승들이 돌아다니지.

주차 관리원 주제 로페즈.
그는 중요한 걸 깨달았어.
무슨 짓이든 저지를 수 있는 존재가 되면
사람들이 돈을 쥐어준다는 걸,
단지 가만히 있어주는 대가로.

상습 노상 방뇨자로서,
그는 또 한 가지 깨달았지.
내가 확실하게 눈치를 안 보면 남들이 본다는 걸.
대놓고 싸도 남들이 알아서 슬슬 피해다니지.
그렇게 그는 포르투의 알파-수컷이 되었어.

맘 가는 대로 해도 어긋남 없는
전문가의 경지.
진정한 스승들이 제자를 받지 않듯
나 같은 애송이에겐
털끝만큼의 관심도 없었어.
멀리서 동경의 눈길로
지켜볼 수밖에.
저 태도, 눈빛, 차림새
잘 봐두어라.
내가 설계하는
노후.

시인

The Poet

어떻게 책 읽는 사람이
한 명도 없는 거야, 도서관에서
일하는 놈
노는 놈
페북하는 놈
시험 준비하는 놈
방귀 뀌러 온 놈
자리만 차지하고 **없는** 놈
빌어먹을 책을 보는 사람이 없어!
쟤는 뭐냐고?
저건 책이 아니잖아
코엘료잖아.
으잉?
몰아쉬는 거친 숨소리?
웬 노인이 입 벌리고 처잔다
저만 한 모범도 없다
나 같은 노숙자 마인드까지
정신 바짝 차리게 만든다
나도 정확히 저렇게 늙겠지?
그러니 욕하면 안 되겠지?
그 논리가 지겹다.
경쟁도 지겹다.
햇볕 들고 난방되고 인적 없는 자리는
아무리 일찍 와도 뺏긴다.
머리맡에 책 한 권 안 놓고 당당히
처음부터 끝까지 잠만 잔다.
게으르기 위해 저렇게 부지런하면
두 손 들 수밖에.

일곱 시.
옮길 때다.
시립도서관은 일찍 닫고 주말은 열지도 않는다.
또 다른 도서관 생활자로부터 정보를 입수했다.
어느 나라든
가장 늦게까지 공부하는 건 법대생이라는.
과연, 도시 전체에서 법대 도서관만 열한 시까지.
여유 있는 집안 출신답게 여유 없는 표정들
이라고 내 편견이 묘사하고 싶어 하지만
자세히 보니 여유가 없지 않다.
표정이 굳은 건 바로 나.
추위와 불편한 룸메이트를 피해
도서관을 전전하다 보니 어쩌다 곁가지로
팔자에도 없는
책이란 걸 다 펴보네.
은근히 실패와 일탈을 권하는 작가들도,
권한다고 따라 하는 독자들도 우습다.
괴테는 여럿 자살시키곤 여든 넘어 잘만 살았지.
그래도 발저는 좋은 사람 같다.
유일하게 따라 하고 싶은 말년이랄까
저렇게 죽는 것, 참 맞다.
긴 산책 후 눈 위에서 홀로…
베른하르트의 소멸.
주인공 프란츠를 보라,
어쩌면 이리도 전적으로 줄기차게
뻔뻔하고 경멸스러운지
대체 긍정적인 면이라고는 없다!
애들아, 법전은 집어치우고 이걸 읽어봐
그래야 프란츠에게 무죄를 선고하지!

도서관 생활의 난제는 끼니 해결이다.
베트남 국수가 딱 좋겠다만
돈이 없으니 평소 식단으로.
지하 마트, 빵, 발라 먹는 샐러드.
도서관 맞은편의 막다른 난간
인적 드문 사각지대
거지마냥 구석에 찌그러져 주섬주섬…
얼음 같은 수돗물
마지막 따뜻한 식사의 기억.

열한 시.
강변을 따라 걸었다.
여기선 집이 멀지 않다
멀어도 좋았을 텐데
하천에 작은 댐이 있다.
중간에 서면 물이 폭포처럼 쏟아져
소리가 묻혀버리는 지점이 있다.
지금은 나와 불편해진,
나를 여기로 몰아낸 거나 다름없는
룸메이트가 가르쳐준 장소.

마침 아무도 없다.
그 지점에 섰다.
지를 소리가 없다.

오늘도
있어 보이려는 말을 하지 않았다
느끼지 않은 느낌은 말하지 않았다
기대에 부응하려고 애쓰지도 않았다
무관한 삶들을 기웃거리지도 않았다
아무것도 꾸미지 않았고
있는, 아니 없는 그대로 당당하게 쏘다녔다
최소한의 청결 유지 말고는
물 한 방울 낭비하지 않았다.
(딱히 뿌듯하진 않다)
유일한 처세술은 정직함이었고
그래서 점점 고립되었고
마음과 주머니가 깨끗해졌으나
사람들은 주머니만 알아봤다.

침묵이 지루하고 물소리도 거슬린다.
정말 아무것도 없나?
한마디쯤 목청껏 외치고 싶은 말
불러보지 않곤 견딜 수 없는 이름
보고 싶은 얼굴 하나?

      있었다면 더 완벽했을까?

두고 온 개의 이름을 불러봤다.
너무 나직해서 묻히지 않았다.

쇼핑몰 좋지
거기가 아니면 어디서 시를 해
도서관은 시끄럽고, 집에선 잉크가 얼지
거리에서도 안 돼
시를 감시하는 기운이 있거든
갑자기 멈춰서 쓰다간 걸려
정류장에서 기다리는 척 써야 돼
대놓고 하는 짓이 아니야
시라는 건
알 수 없는 와인 같은 것
이름을 가리고 맛보면
싸구려와 진짜를 착각하지
대부분은
와인처럼 있어도 없어도 상관없지
과하게 예민한 사람만 알아보지

많이 먹어본다고,
연구한다고 아는 게 아냐
세상에서 가장 놓치기 쉬운 것
전문가일수록 잘 틀리는
그래서 전공할 수 없는 분야
분야도 아니지만.

쉬운 와인은 시가 아니야.
경구라고 하지.

전 세계에 시인은 열 명도 안 돼.
시는 본 적이 있지만
시인은 만나본 적 없어
타칭들은 사기꾼
자칭들은 자성연애자였어
단어 만지는 요령만 터득했지
시인으로 죽을 용기도 없는.

시인에게 있을 수 있는 최악의 상태는
시인이 시보다 나을 때야
그래서 난 그 차이를 예민하게 조절했지
나를 항상 덜 흥미롭게 만듦으로써.
결과는… 점점 지루한 인간이 되어갔지.

가치 있는 일만 하며 보내기에
하루는 너무 긴데
그래서 바보짓들을 하는 건가
그래서 시라도 찾는 건가

시에서 많은 걸 바라는 사람은 아무도 없어
약간의 지혜
약간의 재미
약간의 위로를 얻으러
약간의 시간을 죽이러
이걸 다 가진 시도
하나도 없는 시도 있지
그걸 위해 시인은
오늘도 하나를 포기하지

그래봤자 사람들이
정말로 자세히 읽고
진지하게 받아들이고
질문을 던지는 텍스트는
메뉴판뿐.
그런데도
너는 시를 믿어?
너는 아직도
등단하는 시인이야?
시집 내는 시인이야?
기고하는 시인?
강의하는 시인?
불려 다니는 시인?
정말?
설마!
아직도?
제발 그만.
네가 지겨워지려 해

난 걸으면서 입으로 써
아니면 누워서 써
일어나 앉으면 생활인

모든 좋은 건 웅얼거려 버렸어
적힌 것들은 그 찌꺼기.

쓸 줄은 몰라도
불 붙일 줄은 알아
모가 난,
데일 정도로 모서리를 달군,
세운 날이 안 보이는,
낭송회에 어울리지 않는,
학자들이 써먹기 안 좋은,
포스팅하기에 부적절한,
연예인은 죽었다 깨어나도 좋아할 수 없는,
가장 무관하고,
가장 막되먹게 건강한,
극히 까다롭고 아슬아슬한 주제에
동정과 도움을 일절 사절하는,
잘못된 곳에서 잘못된 시간에 터질,
어둠을 밝혀주는 촛불이 아니라
대낮에 잘못 켜진 가로등보다
더 눈에 안 띄는,
그런데 그걸 왜 내가 짓고 있지?
다 어디 갔지?
부재중이라고!
시인은 휴가 중
학자는 안식년
투사는 연애 중
고작 여자인가?
고작 남자인가?
    고작 인간인가?
숨어서 폭탄을 준비하는 사람은
    정말 나쁜가?

구경꾼

The Tourist

현대 철학과 현대미술의 공통점
극히 난해하고 정교한 수술을 한다. 단, **시체**를 가지고.

미술관에서 가장 볼 만한 것,
작품? 기획? 건축? 아니다.
창밖 풍경이다.

감상은 짧고, 해설은 길고, 예술은 핑계고
유명한 누구의 유명한 작품의 유명함의 확인/재확인
팔리면서 한물가는 줄 모르고, 궤도에 올랐다고 흡족한 작가들…

쓰레기도 예술일 수 있어 신선하던 시절이 있었지
이제는 그냥 '예술=(비싼) 쓰레기'
누구나 느끼지만 증명은 못 하는 명제
그걸 증명한다면 예술의 경지게

아직 남아 있을까, 정말로 흥미로운 무언가가?
보는 사람의 무지와 몰취미로 인한 흥미 말고.

있다 한들 무슨 소용인가
보는 눈들이 삐어가는데.
인류가 만년째 되풀이하는 실수
당대에 퇴짜 놓기, 사후에 재조명
아니, 이젠 죽어도 몰라보지
그러기엔 너무 많지.

혹시나?

역시나.

이 동작 뒤에 뭐 하나라도 나아진 적이 있던가?

내가 한때 예술에 기웃거린 이유는
반복을 못 견딘 인간을 보기 위해서였다
그런 게 거기 있는 줄 알았다
나는 모든 세계를 세계라 부르지 않았다
반복을 벗어난 세계만 세계였다.

한 세계의 구축과 소멸이
전적으로 한 사람에 달려 있을 때
난 언제나 경도되어 왔다.
그것이 책의 세계였다.
그 밖에는 무관심했다.
다수가 움직이고
수와 양에 좌우되는 세계는 내게
세계의 배경에 불과했다.

혹자는 나를 도발했다.
짐짓 유머라는 듯,
"심각한 건 질색. 난 세상에 놀러 왔거든"
문제는 너 같은 사람뿐인 거라고!

세상을 관광하듯 살기.
관광객에겐 그렇겠지,
수십 억이 들른 에펠탑이라도
내가 갔다는 사실이 소중하지.
나의 생일, 나의 졸업, 나의 여행,
나의 결혼, 나의 아기, 아기의 생일…
인류가 전 역사에 걸쳐 반복한 체험도
내가 하면 그 자체로 소중하다…?
이 원리를 이해할 수 없다.
내가 어딜 가보고
무얼 봤고, 먹어봤고, 있어봤고…
그게 다 어쨌다는 말인가?
모두가 세상의 주인공이라고 착각하는
철부지 시절엔 용서돼도
이젠 알 때도 되지 않았나,
모두가 소중하지 않다는 걸?
모두란 건 원래 소중할 수 없어!

관광으로 들끓는 도시.
좋은 곳들을 관광객이 망칠까 봐
초조해할 것 없어 이미 끝났어
일 년 내내 휴가철,
평일 오후 특수도 없어
비수기 최대의 위기?
비수기가 없다는 것.
유일한 대안?
관광객 반대 방향으로 도망치기.
그래도 결국은 터미널에서 만나지
싼 버스, 밤 기차, 저가 항공
외나무다리가 원수를 만들지.

성수기인들의 성지
가우디-성당-공원-도마뱀
왔노라 보았노라 찍었노라 올렸노라!
놓치지 않았노라,
핫한 것들을! 쿨한 것들을!

핫과 쿨의 의미가 같은 시대
아니 엄밀하게 느껴서 아무것도
핫하지도 쿨하지도 않은 시대를 살면서
설사
증오밖에 할 게 없다 하더라도
너무 깊이, 너무 멀리 가진 마
그랬다가는 항체가 생겨서
느닷없이 사랑이 샘솟으니까,
모든 것들에 대한 조건 없는 인류애가.

공원 밖의 공원만 공짜.
무료 공원에서 유료 공원을 구경한다.

물 장사꾼들은 순경과 숨바꼭질.
물도 도망 다니며 팔아야 하는 세상
한 병 사며 묻는다.
　　　어디서 오셨습니까?
　　　파키스탄.
일 유로를 낸다.
챙기자마자 내뺀다.
그래도 표정들은 좋구나.
도망은 다녀도 키득키득
진짜 숨바꼭질!
이 도시에 온 이래
웃어본 적이 없는 사람은
내가 유일하겠지?
사진 한 장 찍지 않은 것도.

바르셀로나 혐오…
유일한 동조자를 만나다.

영화감독 게하 다 마타에게 바르셀로나는
끔찍하기 짝이 없는 도시
할 수 있다면 폭파해야 마땅하다.
가우디는 이류 건축가
사그라다 파밀리아는 그중에서도 졸작
이름부터 형편없지…
싸그리 없애야 한다고 맞장구치며
나는 어느 날 우리가 서로
바르셀로나에서 마주친다면
표정이 어떨지 상상해 본다.

그는 여러 면에서 나보다 극단적이다… 그러나 잘만 산다.
그는 모두를 경멸하지만, 모두들 그를 사랑한다.
또 그건가? 처음부터 세게 나가면 남들이 알아서 맞춰주는 원리?
뻔뻔하면 스타일이고 쭈뼛쭈뼛하면 먹잇감이다.
정치적으로 올바르고, 선량하고,
자기보다 남에게 실망하느라,
딴 사람 균형 잡아주느라 바쁜,
걸핏하면 상처이고 폭력인
만년 피해자, 약자들의.

그들 때문에/덕분에
피해자 신분조차 벗어던졌다.

환자

The Sick

젠장
아프다.
안 된다, 아플 돈이 없다.

기댈 데가 있다면 아프겠다.

온 기관이 교대로 고장 난다
그냥 달고 살자
그러다 가자 야생동물처럼
저세상으로
내 혈관에 살림 차린 열대 벌레들과 함께

꿈과 사랑으로
부풀어본 적 없는 내가
물집만 한껏 부풀리고
뜨거운 눈물 대신
고름만 흘린다.

진정 국면.
내가 괜찮은 건 아니고
통증을 느끼는 감각이
이제 그만하잔다.

어이, 견딜 만해?

안다. 아무도 안 괜찮다는 걸
그렇다고 거짓말은 아니다
표현할 말이 없는 것뿐.
말은 표현하라고 있는 게 아니라
괜찮냐고 묻고
괜찮다고 답하라고 있다.

입에서 김이 나오지 **않는**
집에 살 날이 올까
백열등도 침침하다
유일한 온기는
내 심장.

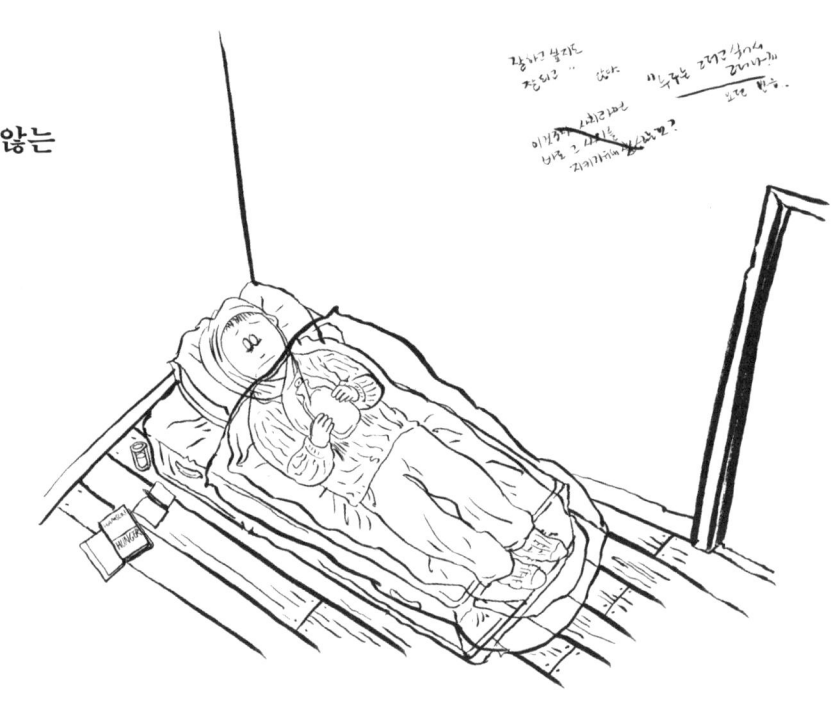

"추울 땐 요리야."
뉘렌베르크의 자선사업가
혹은 한 친구가 조언했다.
어느 겨울, 휴가 간 그녀의 집을 봤다.
면 뽑는 기계가 있길래
가진 걸 모조리 꺼내봤다.
내 인생의 유일한 재료는
실패 경험이라서 그런지
반죽이 안 됐다. 도무지
뭉쳐지질 않았다.

침범하는 소음
미친 이웃, 미친 공사,
미친 파티, 미친 음악,
미친 개, 미친 닭,
미친 알람.

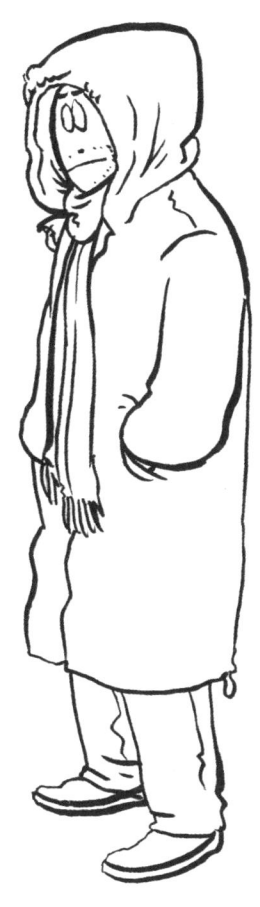

원리: 소음은 침묵을 이긴다 / 예민함은 무딤에 진다.
원칙: 지는 사람이 떠나기.
결과1: 끝없는 이사, 주소 없는 인생
결과2: 우편물 못 받음
결과3: 은행 계좌 못 만듦
결과4: 사회보장제도 내로 편입 불가.

짐을 풀기도 전에 조만간 다시 싸리라는 걸 예감한다.
싸는 횟수와 푸는 횟수가 같아질 때
이사는 종료되겠지… 그런 날이 올까?

가는 곳에 따라 성격도 함께 이사 다닌다.
맞지 않으면 새 가면을 만들어보고
받아들여지지 않아서 또 다른 가면을…
정작 살려던 삶은 아득히 멀어지고
정착은 요원한
우회, 우회.

마지막 짐을 챙기며
거미에게 작별을 고했네
내 일거수일투족을 지켜본 너.
건강해라.
움직이는 것도 못 봤고
살아 있는지도 모르지만.
그새 정이 들었는지
발길이 떨어지질…
!!
놀라운 일이 일어났다.
움직였다!
갑작스런
아래 세계의 변화에?
아니면
말을 거는 것?
거미 언어?

이사의 적: 책
그리스어 사전에 이사는: Metaphora
나의 사전에 이사는: 사전을 못 사는 이유.

작가들이 이사를 고려해 책을 쓴다면 보다 나은 책들을 쓸 텐데.

세상의 모든 조용한 방들이 부럽다.
아 저 방은 또 얼마나 조용할까?
세상의 모든 잠들은
또 얼마나 달콤할까!
아 잘 수만 있다면,
원 없이, 다섯 시간만, 곱게…

세 달 동안 세 번째 집
푸근한 할머니 남매
전형적인 사마리아인
생활 전선에선 파시스트들이
리버럴보다 친절하다
불안하리만치 평온한 일주일
그러나
방학을 마치고 돌아온 지옥
옆방 틴에이저

귀가가 싫다.
끔찍한 소음과 불가피한 불면과
고통스런 열 시간의 뒤척임.
차라리 밖에서 비 맞는 게 낫다.

나의 밤을 황폐화시킨
저 꽃다운 청춘.
이제 알았다
왜 살인자가 살인자가 되는지.

도끼가 필요하다.

돈이 있다면 창출하리
이런 일자리를
시끄러운 놈을 골라내
월급 주며 주문하기
아무것도 하지 말고, 잠만 자달라
일어나 설치지 않는 대가로
열심히 벌어서 갖다 바치마.
정말이지 열심히 일할 텐데
세상을 조용히 만들기 위해.

죄인

The Sinner

항상 죄의식으로 가득했다.
엉뚱한 하느님에게가 아니라
자연에게 미안했다.
한 인간이 태어나서 죽기까지 배출하는
무시무시한 양의
추와 쓰레기
가장 지독한 똥 냄새.
동물들이 한결 낫다.
쓰레기를 만들지 않으며
옷 따위에 의지하지 않아도
몇 배는 보기 좋다.
동물도 그러나 인간과 관계를 맺는 순간
독소를 배출한다.
인간은 쓰레기 양산에 일가견이 있다.

목표는 하나:
쓰레기가 되지 말자.
원천적으로는 불가능하다.
어떻게 해도 피할 수 없으니.
적어도 **덜** 쓰레기가 되자
나부터 덤이란 걸 인식하자.
인식했다면 더 인식하자
나를, 다시 말해 쓰레기를, 줄이자.

끊임없이 자격을 고민하자.
나란 놈이 밥 먹을 자격은 있나?
무언가를 죽여가면서까지?
매끼 채식의 가능성을 타진하자.
(따지겠지, 식물을 죽이지 않냐고
완벽한 대안이 아니면 손 하나 까닥 안 하겠다?
첨부터 관전평 말곤 관심도 없던 거지)
아이템 하나라도 줄이자는 거다.
대소변은 못 피해도
샤워할 자격, 귀이개 쓸 자격,
콘돔 버릴 자격은 있는가?
이 모두 천부의 권리인가?

내 몸만큼의 자리를 차지하는 것도
산소 마시고 이산화탄소 배출하는 것도
자꾸 이 개미 저 개미 밟는 것도 미안하다.
그렇다고 자살하자니
그것도 미안해서 못 하겠다.
뒷감당할 사람,
시체 치울 사람에게 못 할 일.
경찰에게 수고 끼치는 것도
기차 연착시키는 것도 괜한 민폐.

불쌍한 것…!
또 하루 더 살아보고 싶은 거냐?
기능적으로 봤을 때
나라는 기계의 최대 결함은 명랑성.
아니었다면 당장 폐기됐을 텐데
뭐 좋은 일이 있다고
꼬박꼬박 챙겨 먹고 이빨까지 닦아?

그저 놀랍다
이 판국에도 종자를 퍼뜨리는 이들
여기다 심지어 하나 **더 추가**라니…
얼마나 확신이 있었으면 아니
얼마나 불확신이 없었으면!

아무리 시도해도 번번이 명랑함에 패하는 너
자국인들도 무관심한 분리수거에 골몰하는 너
사는 낙은 먹는 거라고
다들 결론을 내렸는데
너 혼자서 마치
식량 부족 시대가 이미 도래한 것처럼
먹는 즐거움마저 포기하는구나.

아무 확신이 없기에 난
부정적인 감정들을 막아주는
댐들을 구축할 길이 없다.
차라리 반긴다
온갖 종류의 우울을.
(참고로, 냉동 피자에는 우울 촉진제가 있다
맛있게 먹고 나면 이상하게 우울하다.
생일날 먹는 냉동 피자는 좀 낫지만.
여담이지만, 제발 다 큰 어른끼리
생일 따위 챙기지 말자
아직도 축하할 일이라고 생각하진 않겠지)

자기 연민이 없었다면
난 대체 무슨 재미로 살았을까?
깊이 있게 못 한 게 한.
자기 말고 감히 누굴 연민해?
남 연민이 제일 못 봐주지.

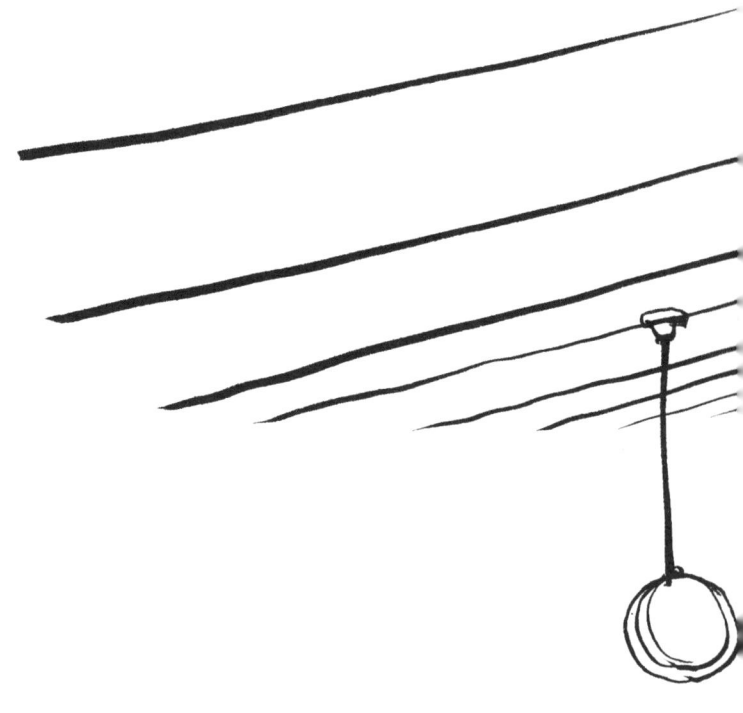

인간은 누구나 혼자지
하지만 어떤 인간은 더 혼자지.

혼자라는 건 얼마나 아늑한지
사실 그 점이 진짜 문제지.

탐정들

The Detectives

나에게도 잠깐은
친구라는 게 있었네
연옥에서
그러니까
밤 열 시에서 자정 사이에
수상한 인물과 어울렸지
우고 미겔 페레이라.
시간이 넘쳐나서 모든 길을
가장 멀리 돌아가려 궁리하는 그는
고집 센 산양을 닮았는데
실제로 산간 지방 출신.
여름 겨울 차림에 차이가 없고
빨래를 피하기 위해 언제나 검정색.
싫어하는 것은 운동과 밤 기차 타기
창에 비친 자기를 봐야 하기 때문에.
좋아하는 것은 양 많은 음식과 파두,
아침 점심 저녁으로 싸구려 깡통 맥주,
레드 와인에 이빨이 빨개지기,
외모에 무관심한 외모로 놀림 받기.
내가 소음에 허덕일 때
그는 과식에 시달렸지
장래 희망은 경비원.
그래서 자격증도 땄지.*
단, 운동장처럼 큰 장소 경비는 사절.

* 졸업 당시 경비 학교 교사의 총평:
본 학생은 경비보다는 범죄자의 자질을 보임.

학생 식당을 이용하기 위해 학생 신분으로 위장했지만
학문의 세계를 증오했고 이론을 경멸했지
(아마도 전교에서 가장 반학문적 성향)
도서관에 출근했지만 책은 보지 않았어
일과는 신문 보기, 그리고 신문 너머로
창구에서 책 빌리는 여자 구경.

비주류?

술꾼?

한량?

외골수?

괴짜?

우리는 주로 도시에서 가장 싼 메뉴를 물색하며
무료한 시간을 때웠어
이유 없이 바쁜 사람들을 구경하며

어쩔 때는 미행을 하기도 했는데
하루는 우리보다 더 시간이 많은 자도 발견했어
이름하여 '이상하리만치 이상한 자'*
항상 정해진 시간에 학생 식당에 출몰하는
정체를 알 수 없는 자
항상 혼자 다니는 자
그의 모습에서 나의 미래가 보였어
지금은 잠시 동행이 있지만
나도 곧 저렇게 되겠구나
내가 나를 미행하는 기분이었어.

* 이 인간에 대해 이야기하기 위해서는
따로 책 한 권을 할애해야 한다.

우고:

모든 인간은 본래 자유롭고 싶다.
한곳에 매어 있지 않으려는 본성이 있다.
우리처럼 모든 게 잘못됐을 때
돌아갈 집이라도 있는 건 엄청난 특권이다.
특권을 가진 자는 못 가진 자를 이해 못 한다.
부모를 가진 것도 특권이다.
많은 사람들에겐 그런 특권이 없다.
일반인들은 대개 피해자다.
개중 안일한 사람도 없진 않지만
이건 인간의 문제가 아니라
사회의, 시스템의 문제다.
문제는 부자들, 힘 있는 자들이다.
나는 교육의 힘을 믿는다.
교육 수준이 높아지면 사회는 바뀐다.
테러도 종교의 문제가 아니라
빈부 격차의 문제다.
인생을 바꾸는 게 쉬워져야 한다.
스웨덴처럼 다섯 시간 근무제를
도입해야 한다.
사람들에게 선택권을 줘야 한다.
지금도 있어 보이지만 실상은 그렇지 않다.
가능성이 닫혀 있다.
나는 문학의 힘을 믿는다.
문학은 인생을 바꿀 수 있다.
나도 학교를 그만두지 않았을 것이다,
헨리 밀러가 아니었으면.

나는 묻는다: (대부분 동의하지 않으며)

너는 어째서 그렇게 낙천적인가?
무슨 근거로 삶을 긍정하고
인간의 선의지를 신뢰하나?
그 식욕은 또 어디에서 오나?
넌 왜 나의 자살에 반대하나?
나는 네 자살을 이해할 텐데.

하지만 마지막 말은 역시
그가 하는 편이 마음이 편했다
내 마지막 말은 늘 같았다
알았고, 한잔 더 하고 가자.

은둔이라는 이름의 주막
우리는 하루가 멀다 축배를 들었지
한 잔에 육백 원 하는 와인을 놓고
꺼리도 없이 무작정 건배부터,
그다음에 찾았어
뭐가 있더라… 축하할 일이?
축하할 일이 있으면
의미를 아는 사람이 없고
의미를 아는 사람이 있으면
축하할 일이 없지

우고는 감옥 친구 같았어
아니 감옥 친구였어.

끝?

The End?

희망을 한잔 하자
그 쓴 잔부터
그다음엔 지나친 기대를 경계하자
그다음엔 아예 기대를 없애고
예방 차원에서 나쁜 상상들을 미리 해두자
차차 나쁜 예감들만 발달하자
점차 나쁜 미래들이 눈앞에 생생히 보이도록.
시인은 말했다.
"내일이 뭘 가져다줄지 나는 모른다"*
난 안다.
기분 나쁜 메일이 와 있으리라는 걸.

어떤 사람의 인생은 더 나빠질 수만 있다.
자유는 더 이상 잃을 게 없는 상태를 좋게 표현한 말?
틀렸다.
더 이상 잃을 게 없는 상태 따윈 없다.
언제나 더 잃을 수 있다.
자식 열 명을 둔 페르난다 할머니가
올해의 명언을 남겼다.
"거 보라니까, 좋은 일은 일어나는 법이 없어"

잠들 때 돌아본다
오늘 좋은 일이 있었나?
눈뜰 때도 상상한다
또 무슨 상상 이상의 불쾌함이 도사리고 있을까?

내게 있어서 인생이란
뒤통수를 치는 무언가.

* 페르난두 페소아가 죽기 전에
마지막으로 남긴 메모.

잠자리에 들기 전에 한마디씩 적는 노트
어느 날 훑어보며 놀란다.
주옥을 남긴 기분으로 잠들었는데
단 한 문장도 건질 게 없다니.

사람들은 내가 사랑에 관심이 없다고 하면
거짓말을 하는 줄 안다.
무슨 맛으로 사냐고?
나를 지탱해 주는 것은
내일 아침 먹을 시리얼에 대한 기대.

식습관 문제인가?
이제 외로움을 못 느끼겠다.
너무 느껴서 둔감해지다 못해
외로움을 느끼는 데 동원되는 감각들이
닳아 없어진 모양이다.
그러다 보니 건강해졌다
병적으로.

허무와 싸우는 너에게,

여섯 살까진 나도 그럭저럭 견뎠어
그 시기엔 누구나 삶이 끔찍하니까
그래도 남들은 곧 찾더라
어떤 형태든 동굴을.
난 없어, 지금까지도.

너는 너를 격려하겠지
오늘도 자살 안 한 게 어디냐고
다음 날 아침, 여전히 죽고 싶다면
하루 더 살아보고 결정하지 그래
혹시나 내일 살고 싶어질까 봐
보류한 사람도 있단다 나처럼.

자살을 결심하던 순간들의
영롱한 추억들…
얼마나 맑은 마음, 예쁜 고찰인가
지금은 얼마나 의심 없이 살고 있나
부끄럽게도
버젓이

이러다가 어느 날 자살할 것 같다
아무런 서러움 없이
그냥 깜박했다는 듯 침착하게
그날은 언제일까?
오늘과 어떻게 다를까?

그러나 우리,
낡아 빠진 죽음 예찬은 집어치우자,
죽음 예찬은 말로 하는 게 아니라
죽음으로 하는 거란 걸
잘 아는 사이끼리.
그저 죽음에 부과된
과한 무게만 좀 덜어내고
완전히 처음부터
재점검해 보자.

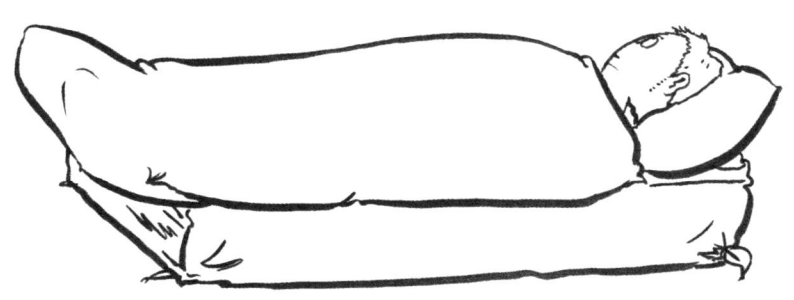

살 가치가 있는 사람이 있고, 없는 사람이 있다
는 말이 일리가 있다고 생각하는 사람이 후자.
그러나 삶에 더 적합하게 태어난 사람과 아닌 사람은
분명히 있다.
아닌 사람들이 죽음을 앞당기는 건 자연스럽고 정당하다.
하지만 너무 이른 나이에 죽으면
괜한 법석, 관심 끌려는 응석이 된다
나 같은 경우는 자살을 해도 엄살.

별 느낌 없는 나이쯤 조용히 가라
누군가의 기억에 남고 싶다면?
그냥 살아라. 넌 살고 싶은 사람이니.
그러나 정 하고 싶다면 명심해라
    뭐든지 **방식**이란 걸
어떻게 하느냐가 하느냐 마느냐를 좌우한다
만약
큰 고통 없이 몸이 아주 서서히
가루로 변하는 자살 약이 개발된다면,
지금과는 비교도 안 되게 많이들 할 것이다.
그럼 뒷처리와 쓰레기 문제는 물론이고
인구 문제도 해결될 것이고,
다른 문제들도 함께 풀릴 것이다.
안 그런가?
생명의 가치니 어쩌니 하지만,
실은 방법이 문제인 거다.

동물 중에 유일하게 사람만 자살할 줄 안다*
거기엔 그럴 만한 이유가 있다.
이것이 인류의 유일한 희망이다.
느린 자살, 삶.

* 제발 촬영 팀에게 절벽에서 떠밀린 레밍 얘기는 그만!

괜한 소란을 벌이지도, 쓰레기를 만들지도 않고
가루처럼, 연기처럼…

미안하지만
진공청소기 한 번 밀어주는 수고만 좀 부탁할게.

또 깜빡하고 남기고 가는 건 없겠지?

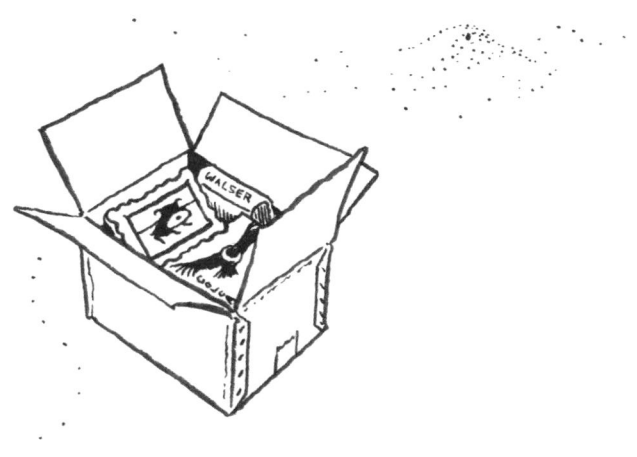

에필로그
(또는 마지막으로 썼다고 추정되는 글)

… 젠장!
꿈이었구나.
자살한 줄 알았건만.

아닌 게 아니라 꿈 깰 때도 됐다.
벌써 비자 유효기간이 다 됐다.
상상을 초월할 정도로 아낀 결과
예정했던 육 개월을 이 년까지 연장했지만
실험은 끝났고
결과는 나왔다.

그런 유행가가 없었지
♪ 의미를 추구하다가
나머지를 모두 잃었네
마지막엔 의미마저 잃었네 ♪

잘 알고 있다
내가 그동안 무엇에 끌려다녔는가를.
쓰레기와
      동물과
           시.

가장 기피하는 것,
    가장 말이 없는 것,
        가장 인공적인 것.
…
겨우
재료들은 갖춰졌다
마침내 의미를 요리할 시간이건만
시간도 돈도 다 떨어졌다.
결국 이렇게
추방당하는 건가?

더 이상 관광객 행세는 무리다.
이제 무슨 구실을 대나?
여행 목적을 자백할 수밖에 없다.
관광을 제외한 모든 것이었다고…
목적이 **없어서** 여행한 거라고…
나는 감수성 전쟁의 패잔병이라고
돌아가면 학살을 당할 거라고
고로 망명을 신청한다고.

볼 것도 없이 즉시 추방당하겠지?
도주는 거기서 종료될 거다
요리 한번 못 해보고…
하긴,
재료도 사실 갖춰진 게 아니다.
동물? 개를 버리고 온 내가 어찌 동물을?
시? 쓰지도 못하는 시에서 무슨 의미를?

쓰레기.
남은 건 쓰레기뿐이다.

그때, 죽었다 살아났다 죽었던 비둘기가
또다시 벌떡!
아직도 안 죽은 거야?
아니면
내가 아직 꿈이 덜 깼나?

...
불현듯 좋은 생각이 떠올랐다!

그래!
그거다!
드디어 알겠어!
내가 할 일을!
역시!
긍정할 만한 게 하나는 있었어!

기다려봐.

내가 갈게.

내가 거둘게.

내가 치울게.

내가 쓸게.

시끄러운 기계 따윈 버려. 전통적인 방식으로 하자고.

이젠 시체를 만져도 아무도 간섭 못 할 거야.

추방?
하라지!
될 대로 되라지!

이민국에 딱 한마디만 해주지.

챠우!

그리고 탈린으로 떠나는 거야!
트럭을 타고! 페리를 타고!

거기서 다시 시작하는 거야!
에스토니아어를 배우는 거야!

새로운 삶!
새로운 쓰레기!

2015 겨울
리스본

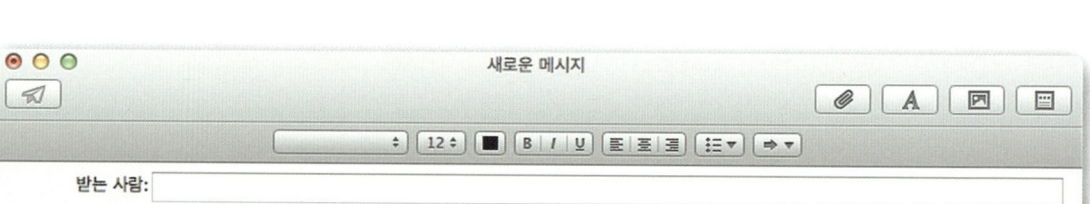

친애하는 편집자님께,

바쁘신 와중에 답장 주셔서 대단히 감사합니다. 받아보시는 원고도 한둘이 아닐 텐데 거절 메일까지 일일이 챙기느라 얼마나 노고가 많으십니까.

여쭤보신 질문에 답하자면… 실례지만, 저도 여쭤볼 수밖에 없을 것 같습니다. 「비수기의 전문가들」의 저자가 실존 인물인지, 저와의 관계는 뭔지… 그게 왜 궁금하신지요? 저는 있는 자료를 정리한 사람에 불과하다고 앞에 써 있지 않습니까? 그걸로는 설명이 부족한가요? 게다가 출판을 거절하는 마당에 굳이 물어보시는 이유를 모르겠군요. 어차피 결정은 내려졌고, 사실은 저도 투고할 때부터 이 책의 운명을 예감했습니다. 그 어떤 책도, 최소한 한 명의 '공감자'를 만나기 전에는 책이 아닙니다. 드러내놓고 공감을 거부하는 이 책이 순탄하게 그런 공감자를 만나 출판이 되고 세상 빛을 본다면 그게 오히려 이상하겠죠. 보내주신 거절 답장이 저에겐, 이 퍼즐을 완성시키는 마지막 조각처럼 느껴졌습니다.

지적하신 부분들도 구구절절 맞습니다. 독자의 기대를 충족시키지 못한다, 별반 새로울 것도 없고, 어딘가 미완성처럼 느껴진다… 그러게요. 이 모두, 얼마나 비수기스럽습니까! 그런데 한 가지 의문이 생기긴 하네요. 책 속에 포함되진 않았습니다만, 저자와 인터뷰를 하는 과정에서 그가 자신이 쓰고 그린 것들에 대해 상당한 가치를 부여하고 있음을 느낄 수 있었습니다. (물론 드러내놓고 표현하진 않았지만요.) 아니면 말고 식으로, 짐짓 무심한 척하는 '사이비 비수기' 부류와는 사뭇 다른 태도여서 저로선 인상적이었습니다. 평소 확신이라고는 없는, 심지어 자기 생명의 가치조차 확신 못 하는 인간이, 이 책에 대해서만큼은 애착을 보인 점이 흥미로웠죠. 어쩌면 그 때문에 제가 이렇게 투고까지 한 것도 같네요.

그런데 편집자님, 하나만 물어봅시다. 편집자님께서는 아십니까? 좋은 원고는 뭐고 아닌 원고는 뭔지, 새로운 건 뭐고 진부한 건 뭔지, 흥미로운 건 뭐고 아닌 건 뭔지, 완성은 뭐고 미완성은 뭔지, 책 낼 가치가 있는 건 뭐고 아닌 건 뭔지… 아십니까? 아니면, 그저 좋은 것들, 좋았던 것들, 좋다고 얘기되었던 것들, 좋다고 배웠고, 흥미롭다고 말하고, 완성되었다고 여겨진, 그런 것들이 쌓이고 쌓여서 자리 잡은 저 '무서운' 좋음에 대한 느낌, 좋음에 대한 감각에 기대고 계신 겁니까?

물론 그 자리쯤 계시면 그런 감각 없이는 아무 일도 안 되겠죠. 최소한 안될 책이 뭔지는 그 누구보다 잘 알아보시겠죠. 안 그러면 어떻게 그 세월 동안 호의적인 평판을 들으며 책을 내셨겠습니까? 그리고 그런 보는 눈이 있으시길래 거절하신 거겠죠. 네, 잘 거절하셨습니다. 실은 그래서 처음부터 귀사를 택한 거였습니다. 왜 여길 택했는지는 말 안 해도 더 잘 아시겠죠? 여기서 거절당하면 전국에서 거절당하는 겁니다.

그렇다고 괜한 걱정은 말아주십시오. 책에 나오듯이, 원래 비수기의 세계에 좋은 소식 같은 건 없습니다. 비보가 하나 더 추가된들 대수로운 일도 아닙니다. 덧붙여, 제가 애타게 출판 기회를 찾는다고 오해하지도 말아주세요. 여러 번 말씀드리지만 저는 중개자일 뿐입니다. 다른 곳을 두드려볼 생각도 없고, 여기서 끝입니다. 처음부터 제 목표는 이 원고들을 최소한 딱 한 번은 누군가에게 전달해 '보는' 거였습니다. 연구자로서의 직업적 책임감이랄까요? 암튼 이걸로 제 할 일은 다한 것 같네요.

메일이 길어졌네요. 시간 빼앗아서 죄송합니다.